Fredi Köbeli

Kollege Heinz

Kolumnen

****

Für Liselotte

****

1. Auflage 2021

©Fredi Köbeli, Olten 2021

Satz:	smc-services.ch
Umschlag:	smc-services.ch
Lektorat:	Fredi Köbeli
Herstellung:	BoD – Books on Demand, Norderstedt
Verlag:	BoD – Books on Demand, Norderstedt
Schrift:	Calibri & Gil Sans MT
ISBN:	9783754310953

Fredi Köbeli

Kollege Heinz

INHALTSVERZEICHNIS

TEMPO-20-ZONE GEGEN RASER (1)

Die Büros der Neuen Oltner Zeitung befinden sich an der Ringstrasse in Olten. So sind auch wir durch die Tempo-20-Zone betroffen, keine Frage. Eine Mitarbeiterin erhielt bereits eine happige Busse, weil sie sinnlos mit 27 km/h durch die Innenstadt gerast ist. Jetzt hat sich bei mir die Angst ausgebreitet, weil ich hin und wieder zügig zu Fuss unterwegs bin. Was passiert, wenn ich zu schnell gehe? Wird mir ein Gehverbot aufgebrummt? Muss ich sogar meine Schuhe abgeben? Sie lachen jetzt, aber ein Polizist hat letzte Woche einen Velofahrer angehalten, weil dieser zu schnell unterwegs war. Das ist wahr und ungelogen. Ich frage mich, was mit so einem fehlbaren Velofahrer passiert, der im Höllentempo durch die Ringstrasse rast und dabei Menschenleben gefährdet? Ich schätze, er bekommt eine saftige Busse. Sollte er das Tempolimit arg überschritten haben, wird ihm das Fahrrad weggenommen. Grosse Gefahr herrscht auch bei meiner Tante Klara, die stets in der Migros beim Hammer einkauft. Nach dem Einkauf muss sie mit ihrem Einkaufswägeli oft rennen, damit sie den Bus bei der Hammerhaltestelle erwischt. Angenommen, sie ist mal schneller als die geforderten 20 km/h unterwegs – was passiert dann? Ich schätze, dass sie erst mal ein Fahrverbot für ihr Einkaufswägeli bekommt. Bei einem schwereren Vergehen kommt es zum Einkaufswägeli-Entzug. Mindestens für ein Jahr. Vielleicht haben Sie schon diesen Vater gesehen, der mit seinem Sohn hin und wieder die Innenstadt durchquert. Der Sohn scheint ein motorisches Problem zu haben. Plötzlich beschleunigt er seine Schritte und hat in wenigen Sekunden 50 Meter Vorsprung auf seinen Vater. Dann bleibt er scharrend stehen, bis der Vater ihn eingeholt hat. Dann geht es aufs Neue los: In Usain-Bolt-Manier zieht der junge Mann los. Sollte er vom Radar erfasst werden, hat dieser Mann ein echtes Problem. Mein lieber Mann! Ich habe mir jetzt angewöhnt, möglichst langsam zu gehen. Ich schlendere, latsche, spaziere. Nennen Sie es, wie Sie wollen, aber ich bin jetzt ein Langsamgeher.

Der Ausdruck «Tempo-20-Zone» ist falsch: Es müsste «Schleicher-20-Zone» heissen. Das erste Mal durch so eine 20er-Zone bin ich vor zwei Jahren in Grenchen gefahren. Ich dachte: Mein Gott, lasse es nicht zu, dass wir so eine Zone einmal in Olten haben. Ansonsten meint es der liebe Gott gut mit mir, in diesem Fall hat er mich nicht erhört. Gestern schob ein Mann fluchend sein Auto durch die Ringstrasse. Ich bot ihm meine Hilfe an, die er dankend annahm. Er sagte, sein Auto, ein Fiat Panda aus den 80er-Jahren, sei fast 30 Jahre alt, aber noch ganz gut in Schuss. Nur wenn er Standtempo fahren müsse, saufe der Motor gelegentlich ab. Aber die Tempo-20-Zone hat auch Befürworter. Zum Beispiel Kollege Heinz. Das ist der, der dauernd vor seiner Haustüre über den Haufen gefahren wird. Kollege Heinz wohnt zwischen der City-Kreuzung und dem Café Ring und ist traurig darüber, dass die 20er-Zone nicht schon bei der City-Kreuzung beginnt. «Das ist eine Sauerei», sagte Kollege Heinz. Er näselte ein bisschen beim Sprechen, was davon kommt, dass er sich vor zwei Wochen die Nase gebrochen hat. «Als ich

10

meine Wohnung verliess, fuhr mich ein Trottinett-fahrer über den Haufen», sagte Kollege Heinz. Das wäre natürlich nicht passiert, wenn die 20er-Zone schon bei der City-Kreuzung anfangen würde.

TEMPO-20-ZONE (3)

Wenn ich ehrlich bin, finde ich die Tempo-20-Zone doch nicht so schlecht. Zu einem späteren Zeitpunkt könnte man sogar eine Tempo-10-Zone in Erwägung ziehen. Auch für eine Tempo-5-Zone könnte ich mich zu gegebener Zeit begeistern lassen. Aber lassen wir die 20er-Zone erst mal wirken. Und wenn ich noch ehrlicher bin, tendiere ich sogar für eine 20er-Zone für die ganze Stadt. Die Autofahrer, die verbotenerweise durch den Schöngrund fahren, könnten dann die schöne Gegend geniessen. Die spielenden Kinder hätten mehr Zeit, sich mit einem Sprung in Sicherheit zu bringen. Die auswärtigen Autolenker, die an den Fluhweg kommen, um den Anwohnern die Parkplätze wegzunehmen, könnten sich bei der Parkplatzsuche mehr Zeit nehmen. Angst vor Kontrollen müssen sie nicht haben. Tempo 20 auch in der Baslerstrasse, der Aarburgerstrasse, der Ziegelfeldstrasse, der Aarauerstrasse und in jedem Quartier. Vielleicht müssten die Velofahrer noch einen Kurs absolvieren, wie man Tempo 20 einhält. Weil: Gestern hat mich einer, von der Bleichmattstrasse kommend, beinahe überfahren.

Als ich ihm sagte, er soll ein bisschen aufpassen, hat er gesagt, ich soll die Fresse halten. Keinen Arsch in der Hose, aber «La Paloma» pfeifen, hätte meine Tante Klara da nur gesagt. Ab sofort fährt man in Olten mit Höchsttempo 20, was der Beschaulichkeit wegen schön anzusehen ist. Da auch unsere Beamten in der Regierung manchmal beschaulich wirken, wären alle im Gleichschritt. Olten wird die langsamste Stadt der Welt. Das mit der Beschaulichkeit und der Regierung habe nicht ich gesagt, das hat Kollege Heinz gesagt. Er gibt sämtlichen Stadträten, Polizisten und Beamten die Schuld daran, dass er dauernd vor der Haustüre überfahren wird. Erst auf den zweiten Blick habe ich bemerkt, dass Kollege Heinz wieder ein bisschen lädiert ist. Obwohl es kühl war, trug er am rechten Fuss weder Schuhe noch Socken. «Als ich vor drei Tagen das Trottoir betrat, stieg mir ein Nordic Walker mit dem Stock auf den Zeh. Seither ist dieser geschwollen», klärte Kollege Heinz mich auf. Der Witz, dass ein Beamter in Olten niemals ein Aquarium in sein Büro stellen würde, weil dann zu viel Action wäre, stammt nicht von mir. Das soll hiermit klargestellt sein. Vorbei ist es mit Hektik, Stress und Raserei. Olten schwebt. Diese neue Beschaulichkeit wird zu einem langsamen

Tanz. Einem Rumba: «Vogel der Nacht». Es ist ein bisschen wie beim blinden und lahmen Musiker im legendären Dialog: «Tanzen sie schon?» – «Wieso, spielen wir schon?»

EIN NEUES HOBBY SUCHEN

Ein bisschen komisch anzuschauen war das schon. Da
spielten am Sonntagnachmittag im Derby der FC Dulliken und der FC Olten gegeneinander. Die Dulliker führ-
ten 20 Minuten vor Schluss mit 1:0, und die Spannung
kannte keine Grenzen. Plötzlich, es waren noch 15
Minuten zu spielen, verliess die Hälfte der fast 400
Zuschauer den Sportplatz, um nach Hause zu fahren.
Was war da los? Des Rätsels Lösung: Einige Minuten
zuvor tauchten zwei Polizisten auf und spazierten stolz
wie die Pfaue der Seitenlinie entlang. «Hochsicher-
heitsspiel?», flüsterten die Zuschauer. Nein. Einige
Minuten später verkündete der Speaker, dass alle
nicht vorschriftsmässig parkierten Autos umparkiert
werden müssen. Ansonsten würde es Bussen hageln.
Unter «nicht vorschriftsgemäss» waren Autos gemeint, die entlang des Weges parkierten. Dort, wo die
Zuschauer seit 1933 parkieren, wenn der FC Dulliken
ein Heimspiel austrägt. Also war es den Zuschauern an
diesem Sonntagnachmittag nicht vergönnt, das Fuss-
ballspiel zu Ende zu sehen. Wegen zehn Minuten!
«Das musst du aufschreiben», sagten mir einige erbos-
te Zuschauer, die traurig ins Auto stiegen, um nach
Hause zu fahren. Allzu gerne hätten sie das Spiel zu
Ende geschaut und sich anschliessend noch ein Bierchen gegönnt im Clubhaus. Bleibt die Frage, was wir

mehr oder weniger anständigen Bürger in Zukunft an einem Sonntagnachmittag machen. Etwas Vergleichbares mit Fussball? Etwas, was mit Nervenkitzel zu tun hat? Vielleicht Tankstellen überfallen? Das Problem des Erwischtwerdens würde sich nicht stellen. Während wir Tankstellen überfallen, kontrolliert die Polizei nicht vorschriftsgemäss parkierte Autos bei den Fussballplätzen. Oder wir setzen uns am Sonntagnachmittag in eine Kneipe und besaufen uns sinnlos. Keine Ahnung, vielleicht bleiben wir in Zukunft einfach zu Hause, damit wir uns nicht mehr über solche Aktionen ärgern müssen. Übrigens: Aus naheliegenden Gründen habe ich das 2:0 für den FC Dulliken nicht mehr gesehen ...

ABSTIMMEN UND WÄHLEN

Am 23. Oktober sind Wahlen. Am meisten beschäftigt mich die Abstimmung in Olten. Die Variante mit Steg oder die Variante ohne Steg? Oder überhaupt keine der Varianten? Der Steg über die Aare würde im Jahr 2024 fertig werden. Als Greis werde ich dann wohl Mühe haben, die Brücke zu überqueren. Oder die Variante mit der Verbreiterung des Ländiweges. Zu meiner Schande muss ich erwähnen, dass ich, obwohl ich schon über ein halbes Jahrhundert in Olten lebe, gar nicht wusste, dass man diesen Weg der Aare entlang Ländiweg nennt. Ich weiss nicht, wie ich da wählen soll. Vielleicht sollte man alles so belassen und das Geld für ein vernünftiges Hallenbad und eine Sauna oder was auch immer verwenden. Ganz froh hingegen bin ich, wenn die National- und Ständeratswahlen vorbei sind. Die Plakate, die seit Wochen die Strassen säumen, mit diesen grinsenden Gesichtern und den Zahnpastalächeln. Diese Kukident-Gestalten sind relativ gefährlich. Schon ein paarmal hatte ich fast einen Autounfall, da einige Plakate schlecht zu lesen sind. Und als ich eines Tages den Namen Rösti las («Berner wählen Rösti!»), bin ich doch tatsächlich auf den Trottoirrand gefahren. Zugegeben: Als Vogelscheuchen haben diese Plakate einen gewissen Verwendungszweck, aber sehen kann ich sie trotzdem nicht mehr.

Kürzlich hatte ich sogar einen schlimmen Albtraum. Sämtliche Kandidaten aus der ganzen Schweiz erschienen mir stakkatoartig im Traum und sagten stundenlang: «Bitte wähle mich!» Eine Berufsgattung war diesen Plakaten besonders ausgesetzt: Ich könnte mir vorstellen, dass sich nach dem 23. Oktober der eine oder andere Lastwagenchauffeur in psychiatrische Behandlung begeben muss.

ICH GESTEHE ENDLICH! (1)

Längst habe ich mich mit der Polizei versöhnt. Ich habe Gespräche geführt, den Gendarmen attestiert, in Sachen Parkbussen einen guten Job gemacht zu haben. Auch die Sache in Dulliken ist vom Tisch. Die Polizei musste ausrücken, weil sich Anwohner beschwert haben, die nichts Besseres zu tun haben. Jetzt ist der Zeitpunkt gekommen, mir eine riesige Last von der Seele zu reden, habe ich doch einst ein Verbrechen begangen. Es sind inzwischen 43 Jahre vergangen, und keine Nacht habe ich nicht von dieser Schandtat geträumt. Eine Schandtat, die niemals aufgeklärt wurde im Städtchen. Gut, ich gebe zu: Ich war nicht allein, damals in dieser Samstagnacht. Es waren noch vier Kollegen dabei. Aber ich nehme die Schuld auf mich. Ich verpfeife keinen, der in jener lauen Juninacht dabei war, bei dieser Untat, die ich mitbegangen habe, als ich 17 Jahre alt war. Vielleicht übertreibe ich ein bisschen, vielleicht ist das Verbrechen doch nicht so schwer. Das alleine sollen die Leser und die Polizei entscheiden, wenn ich meine Beichte vollbracht habe. Mir ist aber so oder so bewusst, dass die Polizisten umgehend meine Wohnung oder meinen Arbeitsplatz stürmen werden. Sie werden mir Handschellen umbinden. Mich abführen und in einen tiefen, feuchten, kalten Kerker werfen. Und ich könnte ihnen nicht böse sein, würden sie den Schlüssel wegschmeissen, und mich wie einst den Grafen von Monte Christo auf Jahre schmoren lassen in diesem elenden Verliess. Eigentlich wollte ich schon heute beichten. Wollte der geneigten Leserschaft mitteilen, zu welcher Untat ich damals fähig war. Eine Untat, die nie aufgeklärt wurde. Sie werden es nächste Woche erfahren. Ehrenwort.

ICH GESTEHE ENDLICH! (2)

Nach vielen Jahren habe ich mich entschlossen, meine Untat, die ich damals vor 43 Jahren begangen habe, zu gestehen. Eine Untat im Beisein von vier Kollegen, die ich völlig raushalten werde. So werfe ich der Polizei einen Stein in den Garten und zeige mich versöhnlich und vor allem ehrlich. Im Wissen, dass bald Heerscharen der Justiz mich verurteilen werden, um mich dann in einen tiefen Keller zu werfen. Ich werde gestehen, was damals in jener lauen Sommernacht geschah. Meine vier Kollegen und ich spazierten über die Alte Brücke in Olten. Singend und vor allem beschwipst, herkommend von einem feuchtfröhlichen Abend, als es passierte. Mitternacht war längst vorüber. Auf der Holzbrücke lagen Bretter, eine rostige Schubkarre, genannt Karette, und andere Geräte, die man für Unterhaltsarbeiten an einer Brücke benötigt. Jetzt muss es raus, dieses Verbrechen, welches ich damals begangen habe: Ich habe die Schubkarre, diese Karette, in die Aare geschmissen!!! Nicht alleine, so eine Schubkarre ist nicht leicht zu heben, sondern zu fünft. Ich aber nehme die Schuld auf mich. Jetzt ist es raus! Man darf es mir glauben: Noch heute schäme ich mich über diese Schandtat, die ich im zarten Alter von 17 begangen habe. Und auch wenn ich in jener Nacht leicht vom Alkohol umnebelt war, soll das die Polizei nicht hindern, mich unverzüglich abzuholen und zu bestrafen. Höre ich schon das Klicken der Handschellen? Höre ich einen Bund Kerkerschlüssel gnadenlos rasseln und eine Eisentür erbärmlich quietschen?

DIE ABKÜRZUNG NACH GRENCHEN

An Sonntagen unternehmen meine Freundin und ich oft Ausflüge mit dem Auto quer durch die Schweiz. Hin und wieder kehren wir ein und essen oder trinken was. Meine bevorzugte Route ist der Jura: Olten-Balsthal-Moutier-Biel. Mich fasziniert diese trostlose Gegend des Juras, und wenn ich nicht schon welche gesehen hätte, würde ich sagen, dass dort keine Menschen leben. Aber ob es im Jura Hunde gibt, das würde ich nicht unterschreiben. Kürzlich sagte meine Freundin, dass sie so langsam genug vom Jura hätte, ich solle mir mal eine andere Route einfallen lassen. Sie mag den Jura weniger. «Was ist das bloss für eine Gegend, wo man fast keine blumengeschmückten Häuser sieht?», sagt sie immer wieder. Eine Gegend, wo unweigerlich die Depression ausbricht, die sich erst wieder löst, wenn man Biel erreicht. Vor ein paar Wochen fuhr ich die Strecke Olten-Solothurn-Grenchen-Romont, um 30 Minuten später ... im Jura zu landen! Ich fand das recht interessant, so dass ich am darauffolgenden Sonntag die Strecke in umgekehrter Richtung fahren wollte: Moutier-Romont-Grenchen, statt Biel. Aber das ist eigenartigerweise nicht möglich: Einbahnstrasse in Richtung Romont! Gleich am nächsten Sonntag erkundete ich das Ganze nochmals von Grenchen aus. Ich sagte, dass da doch ein Weg nach Grenchen führen müsste und ich das nächste Woche nochmals genauer eruieren wolle. Meine Freundin, ansonsten eine ruhige Person, sagte: «ICH HABE JETZT GENUG VON DIESEM SCHEISSJURA!!!» Diese Aussage brachte mich dazu, meine Idee vorerst auf Eis zu legen. Ich war jetzt schon zwei Wochen nicht mehr im Jura. Rausfinden, wie ich nach Grenchen gelange, muss ich aber trotzdem. Mir fällt im Moment nur nicht ein, wie ich das der Freundin beibringen soll.

VERKEHR FÜR BERECHTIGTE

Schön und gut, wenn die Oltner Stadtpolizei jetzt dauernd Kontrollen im Säliquartier durchführt. Noch schöner, wenn das Fazit jeweils heisst: «Der mehrheitliche Fahrzeugverkehr erfolgt durch Berechtigte.» Ich frage mich, wieso die Polizei nicht auch Kontrollen im Schöngrundquartier durchführt? Früher war die Interstate 405 im US-Bundesstaat Kalifornien die meistbefahrene Strasse der Welt. Täglich fahren 390'000 Autos auf dieser Strasse. Heute ist das Schöngrundgebiet die am meisten befahrene Gegend der Welt. Das würde ja noch gehen, aber dass die Anwohner nicht mehr parkieren können, weil «Auswärtige» die Parkplätze belegen, das geht jetzt doch zu weit. Und dass die Anwohner Bussen erhalten, weil sie ihr Auto nicht ordnungsgemäss abstellen können, geht erst recht zu weit. Es ist ein Anliegen der Anwohner, dass man hier mal nach dem Rechten sieht. Wieso nicht blaue Zonen einführen? Was spricht dagegen? Anscheinend hat es auf dem Trottoir an der Ringstrasse gebessert, wie mir Kollege Heinz versicherte. Die Polizei habe zwar keine Kontrollen durchgeführt, trotzdem werde der Fussgängersteig weniger befahren. Seine diversen Knochenbrüche hat Kollege Heinz ausgeheilt. Gewöhnungsbedürftig ist sein Mund mit den fehlenden Zähnen. «Ffff ein Vvvvvvelofahrer ffffat mich über den Fffaufen gefahren.» Was so viel heisst wie: «Ein Velofahrer hat mich über den Haufen gefahren.» «Mit dem Helm die Fffffffähne aufffgeffflagen. FFFFFeifffe.» Heisst: «Mit dem Helm die Zähne ausgeschlagen. Scheisse.» «Näfffte Woche bekomme ich einen Sahnersatz.» Heisst: «Nächste Woche bekomme ich einen Zahnersatz.» Da hat Kollege Heinz wieder Pech gehabt. Aber es war schon schlimmer an der Ringstrasse.

GEGENSEITIG VERARSCHT

Gestern überfuhr ich beinahe einen Jogger, der aus dem Wald schoss, als ich am Waldrand vor meiner Wohnung parkieren wollte. Er konnte sich zum Glück mit einem spektakulären Sprung über die Motorhaube retten. Nachdem er mir viel Nettes sagte, und ich ihm haargenau dasselbe wünschte, kam Kollege Heinz des Weges. Er schob einen Rollator vor sich hin, hatte einen schleppenden Gang und einige Pflaster am Kopf. «Wärst du nicht im Auto gesessen, hätte dich der Jogger über den Haufen gerannt, genau wie mich dauernd Jogger, Velofahrer und Skateboarder über den Haufen rennen oder fahren, wenn ich meine Wohnung an der Ringstrasse verlasse und das Trottoir betrete», sagte Kollege Heinz. Den Rollator brauche er, weil ihn letzte Woche, als er den Gehsteig an der Ringstrasse betrat, eine Gruppe von Einradfahrern ungespitzt in den Asphalt rammten. Als er aufstehen wollte, sei ihm noch ein Mountainbiker übers Knie gefahren. Kollege Heinz sagte, man habe ihn gestern aus dem Krankenhaus entlassen und nahegelegt, gemütliche Spaziergänge zu unternehmen, damit die Koordination bald zurückkäme. «Natürlich weit und breit kein Polizist», jammerte Kollege Heinz, «bald werden sie wahrscheinlich mit den Autos auf dem Trottoir fahren.» Ich sagte, es sei ein Zufall, dass ich jetzt einen Parkplatz gefunden habe, hier am Fluhweg. Obwohl nur Zubringerdienst gestattet sei, fahren hier alle durch und/oder parkieren ungestraft. Dann ergänzte ich: «Mit dem neuen Polizeikommandanten wird alles besser, ich habe gehört, man wolle Verbotsschilder mit durchgestrichenen Skatern, Velo- und Einradfahrern sowie Joggern an der Ringstrasse aufstellen. «Davon habe ich auch gehört», sagte Kollege Heinz, «und der neue Kommandant wird dafür sorgen, dass das Schöngrundgebiet nahezu verkehrsfrei wird und alle Anwohner wieder genügend Parkplätze haben.» Ich wurde den Verdacht nicht los, dass wir uns soeben gegenseitig verarscht haben.

AUSGEJODELT?

Kürzlich habe ich mir im Schweizer Fernsehen eine volkstümliche Sendung angeschaut: «Potzmusig». Da traten einige Jodlervereine auf, die jodelten, als gäb's kein Morgen mehr. Ich bin jetzt nicht unbedingt der absolute Jodlerjunkie, aber hin und wieder höre ich das richtig gern. Da gibt es tolle Namen wie Jodlergruppe Wildspitzjunzer, Jodlerklub Luegisland oder Jodlerklub Alpeglöggli, die uns mit Liedern wie «Das cha Liebi si» oder «Mues juchzge» beglücken. Erschrocken bin ich, als mir bewusst wurde, dass nur noch ältere Menschen am Jodeln sind. Keine Spur von Nachwuchsjodlern! Nein, eigentlich bin ich gar nicht richtig erschrocken, weil ich schon vorher wusste, dass die meisten Jodlervereine – inzwischen zusammengeschrumpft wie Heinzelmännchen – verzweifelt Nachwuchs suchen. Am liebsten würde ich mich so einem Jodlerklub anschliessen, mich willkommen heissen lassen, um dann zu singen: «Oh Müeti, mis Müeti …» Und dann würde ich einen Jodler ins Übungslokal schmettern, so dass alle anwesenden Altjodler vor Begeisterung toben würden. Zugegeben, nachwuchsmässig würde das einem Jodlerverein nicht viel bringen, da ich den Altersdurchschnitt kaum senken würde. Aber der geneigte Leser und die geneigte Leserin haben es längst bemerkt: Das war ein kleiner Scherz meinerseits. Das Problem liegt ganz woanders: Ich kann überhaupt nicht singen und schon gar nicht jodeln! Trotzdem finde ich es schade, dass die jungen Leute die Schweizer Traditionen nicht mehr zu schätzen wissen. Ich fürchte und bin traurig: In 10 bis 15 Jahren wird es keine Jodlervereine mehr geben.

BEI MIR SPUKT ES!

Sie werden jetzt denken, wenn ich Ihnen das erzähle, der Köbeli hat 'ne Vollmeise, was vielleicht
auch stimmen mag. Aber was ich Ihnen jetzt zu
sagen habe, ist echt ungelogen. Es geschah vor ein
paar Wochen, einem Sonntagmorgen, so um die 9
Uhr, ich befand mich im Tiefschlaf, der mir einiges
abverlangte. Ich erwachte, weil ich eine Melodie
hörte: «O Tannenbaum». Zuerst dachte ich mir
nichts Besonderes dabei, nickte wieder ein, und
dann ertönte die Melodie «O Tannenbaum» ein
weiteres Mal. Es klang wie aus einer Musikdose,
so dass ich aufstand und in der Wohnung umher-
wandelte, jedoch nicht feststellen konnte, aus
welchem Raum die Melodie erklang. Als ich das
Erlebte am Frühstückstisch der Freundin erzählte,
sah sie mich an, als hätte ich ihr soeben offenbart,
ich wäre in Wirklichkeit ein Kanarienvogel. Oder
was auch immer ... Dieser Vergleich war nötig, weil
die Freundin mich genauso angesehen hat. Zwei
Tage später erklang die Melodie erneut, und ich
begab mich in die Küche, wo ich glaubte, dass die
Melodie herkam. Wieder konnte ich sie nicht eruieren. Seither sind einige Wochen vergangen, und

immer wieder ertönt «O Tannenbaum» und auch andere Melodien, die ich nicht kenne, von irgendwoher in der Wohnung. Ich habe keine Ahnung, woher die Melodie erklingt, so dass ich davon ausgehe, dass es bei mir spukt. Logisch weiss ich, dass erdgebundene Seelen von einem Geistheiler ins Licht geschickt werden wollen, aber ob es sich lohnt, so einen Geistheiler aufzubieten? Inzwischen glaubt mir übrigens auch meine Freundin, sie hat die Melodie jetzt ebenfalls gehört. Als ich die Geschichte gestern meinem Bruder erzählte, schaute er mich schräg an und fragte mich, ob es mir ansonsten gut gehe.

DES RÄTSELS LÖSUNG

Kürzlich habe ich Ihnen erzählt, dass in meiner Wohnung hin und wieder eine Melodie ertönt. Eine Melodie, von der ich nicht weiss, woher sie kommt: zum Beispiel «O Tannenbaum». Sie haben mich bestimmt für verrückt gehalten, ich kann es Ihnen nicht verübeln. Als ich die Geschichte im Büro erzählte, hat man mich mitleidig belächelt. Mein Bruder schlug mir vor, einen Psychiater zu konsultieren. Hinter meinem Rücken wurde getuschelt, der Köbeli sei nun tatsächlich übergeschnappt. Einige Amateur-Geistheiler haben mir Hilfe anerboten. Und ein Profi-Geistheiler wollte mir für schlappe 3000 Franken sämtliche Wohnungsgeister für immer vertreiben. Da ich eine Antwort finden musste, klingelte ich bei meinem Nachbarn, der im ersten Stock wohnt. Ich fragte ihn, ob er zufällig eine Musikdose besitzt. Tut er: Er hat 18 Stück. Diese hat er an sämtlichen Zimmertüren montiert, und hin und wieder spielt er sie ab. Das Holz leitet, so dass es bei mir in der Wohnung tönt, als käme die Melodie direkt aus der Wand. Somit ist das Rätsel gelöst, ich bin nicht verrückt, was mich einigermassen beruhigt. Nun blieb meinen Arbeitskollegen nichts anderes übrig, als sich bei mir zu entschuldigen. Meinem Bruder trieb es die Schamesröte ins Gesicht. Falls Sie, lieber Leser und liebe Leserin, auch an mir gezweifelt haben, mich als übergeschnappt beschimpften, haben Sie jetzt die einmalige Gelegenheit, sich zu entschuldigen. Senden Sie mir bitte eine E-Mail und schreiben Sie mir, dass Sie mich nie mehr für verrückt halten werden. Das würde mir echt helfen.

VERKEHRSVERGLEICHE

Eines kann ich euch versichern: Dass Olten mehr Ampeln hat als Einwohner, ist nur ein Gerücht. Es dürfte sich etwa ausgleichen. Trotzdem bereitet mir der Stadtverkehr einige Probleme, wie mir am letzten Freitagmorgen wieder einmal bewusst wurde. Wenn ich um 10 Uhr morgens vom «Gleis 13» an der Martin-Disteli-Strasse die Stadt durchquere und bis zum Büro an der Ringstrasse 40 Minuten brauche, dann stimmt etwas nicht, denke ich mal. Ich denke, dass ich für die Durchquerung Moskaus (12 Mio. Einwohner auf einer Fläche von 2510 Quadratkilometern) wahrscheinlich nicht viel länger habe. Bei der letzten Signalanlage vor der 20er-Zone an der Ringstrasse bin ich sogar kurz eingenickt. Wahrscheinlich war das eine Art Zeitzonenkater (Jetlag), der mir da beschieden wurde. Wenn ich an einem Mittwochnachmittag von der Ringstrasse nach Starrkirch zur Metzgerei Hagmann fahre, brauche ich etwa so lange, wie wenn ich in Tokio-Yokohama (38 Mio. Menschen auf 14'000 Quadratmetern) die Stadt durchqueren würde, schätze ich mal. In Wien gibt es, so habe ich gelesen, etwa 1300 Verkehrslichtsignalanlagen, das dürfte auch in Olten ungefähr hinkommen. Aber: Dieses mühsame Verkehrsaufkommen mag vielleicht auch andere Gründe haben. Die Umfahrung ERO, Entlastung Region Olten, überzeugt mich keineswegs. Vielleicht müsste es BRO heissen, Belastung Region Olten. Ich habe gelesen, dass letztes Jahr in der Schweiz 5'885'600 Mio. Autos die Strasse bevölkerten. Das ist ein Anstieg von 7,4 Prozent gegenüber vor fünf Jahren. Das dürfte nicht weniger werden. Ich schätze, wenn ich in ca. fünf Jahren die Strecke vom Restaurant Felsenburg an der Aarauerstrasse bis zur Stadtgrenze zu Wangen bewältigen muss, könnte das dramatisch werden. Ich denke, ich werde dann gleich lange haben, wie ich mit meinem Roller für die «Route66» von Chicago nach Santa Monica (3944 Kilometer) haben würde. Mit 45km/h, wohlverstanden.

SIXPACK

Während der WM wird meine Freundin mit dem Brasilien-Trikot vor dem Fernseher sitzen. Sie ist grosser Brasilien-Fan. Eigentlich wollte ich diesbezüglich kein Spielverderber sein und mir die Spiele ebenfalls im Dress anschauen, mit einem Leibchen der Schweizer Fussballnationalmannschaft. Ich bin jedoch der Meinung, dass diese Trikots zu eng geschnitten sind. Ich würde darin aussehen wie eine Presswurst. Natürlich kommt es immer ein bisschen auf den Körperbau an, mit Sixpack und so. «Man würde deinen Ranzen sehen», sagte die Freundin, als ich ihr erklärte, wieso ich die WM normal bekleidet sehen werde. «Vielleicht würden dir die Leibchen der Deutschen, Belgier oder Franzosen besser passen, die sind weniger eng geschnitten.» Das sind die Sätze, die einem Mann zu schaffen machen, wenn sie einem an den Kopf geworfen werden. Sie hat tatsächlich «Ranzen» gesagt. Bauchansatz würde ich gelten lassen, aber Ranzen? Aerodynamisch und funktional sollen diese Schweizer Trikots sein. Höchsten Ansprüchen im Leistungssport sollen sie genügen. Zum Siegen sollen sie verdammen. Die Schweiz wird Weltmeister nur wegen der hautengen Trikots. Und natürlich sollen sie die Sixpacks von Shaqiri und Co. zur Geltung bringen. Als ob ich nicht auch mit einem Sixpack ausgestattet bin. Oder einem Fast-Sixpack. Oder einem Sixpäckli. Klar, die Frauen verstehen einiges von Ästhetik, das will ich gar nicht abstreiten. Mir ist schon klar, dass so ein Trikot einem Sumo-Ringer nicht stehen würde. Aber bei mir würde es zur knappen Akzeptanz verhelfen, weil ich keinen Ranzen habe. Zudem bin ich fast 40 Jahre älter als die Fussballspieler mit ihren knackigen Körpern. Ausserdem ist mir schon klar, dass ich als Unterwäschemodell nicht mit Ronaldo in Konkurrenz treten kann. Wahrscheinlich nicht mal mit Beckham. Trotzdem: Den Ranzen lasse ich mir nicht bieten. Und als Nächstens werde ich mir die Trikots der Italiener begutachten. Als halber Italiener habe ich die Option, mir die Spiele in Blau anzusehen. Blau ist ohnehin die schönere Farbe.

GROSSER WEISSER VOGEL

Menschen, die nicht auf der Sonnenseite des Lebens stehen, haben es nicht leicht. Schon oft haben mir solche Leute erzählt, wie deprimierend es zum Beispiel sei, wenn man mit Ämtern zu tun habe, von denen man entsprechend Hilfe erwartet. Zum Beispiel von Sozialämtern. Vor zwei Tagen erzählte mir ein Bekannter, der in der Nähe Solothurns wohnt, es sei für ihn stets schlimm, wenn er so ein Amt betreten müsse. Er könne die Nacht zuvor kaum schlafen. Dies, weil die dort arbeitenden Beamten ihre Abneigung ihm gegenüber kaum verhehlen können und ihn als Mensch zweiter Klasse behandeln würden. Mit einer Arroganz, die seinesgleichen sucht. So eine Art klassische Offenlegung einer Antipathie gegenüber Menschen, die mit dem Existenzminimum leben müssen. Solche Aussagen habe ich leider schon oft gehört, und meine Brieffreundin Pia Emmenegger aus dem Appenzell, die zufällig auf einem Sozialamt arbeitet, hat mich diesbezüglich aufgeklärt. Sie sagte, dass die Leute auf solchen Ämtern zwar eine in der Regel ausgezeichnete Ausbildung im kaufmännischen Bereich aufweisen würden, jedoch menschlich bezogen kaum geschult seien. So käme es in der Tat schon mal vor, dass es auf solchen Ämtern Mitarbeiter gäbe, die den falschen Job gewählt haben. Und das seien meistens Frauen, teilte mir meine Brieffreundin mit. Ich persönlich bekäme einen Schreikrampf. «So kannst du nicht mit mir umgehen, du grosser weisser Vogel!!!» So diskret wäre ich dann wieder. Würde ich sagen, «Du blöde Gans», hätte ich eine Anzeige am Hals ...

DIE VERSÖHNUNG

Einige Leser und Leserinnen haben mich darauf angesprochen, wie der Stand der Dinge in Sachen Tante Klara ist. Ich kann euch versichern: Meine Tante spricht wieder mit mir! Vielleicht müsste ich kurz ausholen. In einer meiner letzten Kolumnen habe ich geschrieben, dass meine Tante vor über 35 Jahren ein heisser Feger war. Das hat sie in den falschen Hals gekriegt und eine Zeit lang kein Wort mehr mit mir gesprochen. Verzweifelt habe ich nach einer Möglichkeit gesucht, sie zu beruhigen. Es ist mir gelungen. Dazu bedurfte es eines genialen Tricks meinerseits. Ich habe sie zum Essen eingeladen. Und dieses Mal habe ich nicht mein berühmtes Hohrückensteak mit der raffinierten Sauce serviert, sondern mein noch viel besseres Filet an einer Burgundersauce, was die Tante wortwörtlich aus ihren Socken hieb. Nach dem Essen setzten wir uns auf den Balkon, wo meine Tante eine Zigarre rauchte. Das tut sie seit 60 Jahren einmal im Monat, jeweils nach einem feinen Essen. Dann habe ich ihr ein Kapitel aus ihrem Lieblingsbuch von Ernest Hemingway «Der alte Mann und das Meer» vorgelesen. Damit war die Sache gegessen, die Tante zeigte sich restlos begeistert, und dieses Mal war der Vergleich nicht mit Starkoch Anton Mosimann gegeben, sondern noch eine Spur höher und breiter gefächert. «Gegen deine Kochkünste sind Anton Mosimann, Eckart Witzigmann und Paul Bocuse die reinsten Hobbyköche!», lobte sie. Wobei ich es mir jetzt womöglich mit den zahlreichen Hobbyköchen verscherze. Aber nicht ich habe das gesagt, sondern meine Tante Klara.

TAKTIK ÄNDERN

Als mich die Meteorologen vorwarnten, es würde am 27. Dezember stark schneien, hatte ich mich entschieden, mein Auto am Fluhweg ganz unten zu parkieren. Ich war der Meinung, das wäre eine geniale Idee. Einerseits musste ich nur ein paar Schritte von der Wohnung zum Auto gehen, um den Wagen mit dem Besen von der Schneemasse zu befreien. Andererseits konnte ich dann ohne gross zu manövrieren geradeaus wegfahren. So dachte ich. Jetzt ist es so, dass ich die Stadtarbeiter im Grunde genommen schätze, die gleich nach dem grossen Schneefall den Fluhweg vom Schnee befreiten. Leider hatten sie diesen genau vor mein Auto zu einem meterhohen Wall aufgeschüttet, so dass ich keine Chance mehr hatte, mit dem Auto wegzufahren. Da stand es nun, mein Auto. Hinter diesem meterhohen Schneewall, ähnlich eines Alcatraz-Häftlings, der gerne aus dem Gefängnis raus möchte, es jedoch nicht schafft. So blieb mir nichts anderes übrig, als meine Einkäufe anderntags zu Fuss zu tätigen, was zu mehreren Stürzen führte. Im Stadtpark war es arschglatt, schliesslich wird gespart, so dass mit Verlust gerechnet werden muss. Ich holte mir zwar keine Brüche, dafür mehrere Prellungen. Die nächsten Tage war ich dann hinkend unterwegs, ähnlich wie ein Fussball-spieler, der von seinem Gegenspieler übel zu-sammengetreten wird, und dann mit schmerzver-zerrtem Gesicht den Platz humpelnd verlassen muss. Die Leute erbarmten sich meiner, fragten, was passiert ist und wünschten mir schnelle Gene-sung. Schwer lädiert verbrachte ich somit Silvester und Neujahr hinkend und liegend mit schmerver-zerrtem Gesicht und mich mit diversen Gedanken befassend: Zum Beispiel, meine Taktik im nächs-ten Winter zu ändern. Ein bisschen kam ich mir in diesen Tagen vor wie Kollege Heinz ...

ROCK`N`ROLL IM VOGELHÄUSCHEN

Ein freundlicher Herr aus dem Niederamt hat mir ein Paket geschickt. Da Journalisten bekanntlich gefährlich leben, habe ich einen Paketbomben-Spezialisten mit Sprengstoff-Hund gebeten, das Paket vorab zu untersuchen, man kann ja nie wissen. Es war alles in Ordnung. Als ich das Paket öffnete, war die Freude gross. Ein Nasenhaarschneider und zwei Packungen Vogelfutter waren der Inhalt. Vielen Dank! Nachdem ich mir die Nasenhaare geschnitten hatte, schüttete ich das Vogelfutter ins Vogelhäuschen, denn zurzeit ist die Besucherzahl enorm. Jetzt geht in der Futterkrippe tatsächlich die Post ab, und das ist erst noch krass untertrieben! Die Vögel reissen sich die Körner gegenseitig aus den Schnäbeln, sie tanzen Rock'n'Roll, Rumba und gelegentlich auch Foxtrott und benehmen sich wie geistesgestörte Wesen aus einem fernen Universum. Mein erster Gedanke war, dass diesem Vogelfutter eine Substanz beigemischt wurde, das die Vögel zum Wahnsinn treibt. Ich verstehe nicht viel von gewissen Substanzen, ganz anders meine Tante Klara. Sie war in den 50er-Jahren mit einem Apotheker liiert, von dem sie einiges darüber in Erfahrung brachte. Nachdem die Tante das irre Treiben im Vogelhäuschen eine Weile beobachtet hatte, sagte sie: «Ich tippe mal, dass da LSD, K.o.-Tropfen, Ecstasy, halluzinogene Pilze, Marihuana und Speedball beigemischt wurden!» Das kann ich mir vorstellen, denn selbst besonnene Vögel wie Buchfinken, Blaumeisen oder Kernbeisser benehmen sich äusserst merkwürdig. Ein besonders extremes Verhalten stelle ich bei den Grünfinken und den Buntspechten fest. Die schaufeln die Körner regelrecht rein, drehen sich dann mehrmals um die eigene Achse, fliegen im Höllentempo davon, um nur eine Minute später zurückzukehren, um sich erneut den Wanst vollzuschlagen. Wie gesagt, bei mir im Vogelhäuschen ist zurzeit Ausnahmezustand angesagt. Und das wird sich erst ändern, wenn die beiden geschenkten Vogelfutterpackungen aufgebraucht sind.

VERJÜNGUNGSWAHN

«Der Alte» ist meine liebste Krimiserie im Fernsehen. Oder «Der Kommissar», oder «Derrick» – ich will mich da gar nicht festlegen. Nun habe ich gelesen, dass Pierre Sanoussi-Bliss, 52, und Markus Böttcher, 50, abserviert werden. «Das ZDF ist im Verjüngungswahn, und wir sind raus», berichtete Sanoussi-Bliss kürzlich auf seiner Facebook-Seite. Beide waren langjährige Kommissare: Sanoussi-Bliss 18 Jahre und Böttcher 28 Jahre lang. Jetzt werden sie durch jüngere Schauspieler ersetzt. Auch die ARD plant eine Verjüngungskur: Musikantenstadl-Moderator Andy Borg ist ebenfalls zu alt und wird ersetzt. Die Fernsehsender erhoffen sich durch diese Massnahmen ein jüngeres Publikum anzulocken. Ich weiss nicht, ob es ihnen gelingen wird. Die jungen Leute interessieren sich eher weniger für deutsche Krimiserien oder volkstümliche Sendungen. Junge Leute sind an einem Freitag- oder Samstagabend im Ausgang. Wir Oldies können nichts dagegen machen, es ist eine neue Zeit. Bei der Neuen Oltner Zeitung / Neuen Oberaargauer Zeitung arbeiten 15 Leute. Davon sind sieben bereits in einem kritischen Alter, haben bereits ausgerechnet, was die Pensionskasse und die AHV dereinst zu bieten haben. Fertig lustig. Ravioli aus der Dose statt Filet auf dem heissen Stein. Ein Glas Wasser statt Wein zum kümmerlichen Abendbrot. Noch drei, vier Jahre, dann wird auch bei uns der Verjüngungsprozess vollzogen. Dann hocken wir Ausgemusterten vor dem Fernsehapparat und schauen deutsche Krimiserien mit minderjährigen Kommissaren. Schauen den Musikantenstadl mit Francine Jordi als Moderatorin, die dann auch bald zum alten Eisen gehört. Schöne Aussichten.

MEIN SCHNELLER HANDSTAUBSAUGER

Es ist nicht so, dass bei mir der Wohlstand ausge-
brochen ist, weil ich mir einen Roller zugelegt habe. Und ein neues Auto. «Das neue Auto wird jetzt
regelmässig geputzt», sagte die Freundin und we-
delte mit einem 50-Franken-Gutschein von einem
Elektrogeschäft vor meiner Nase herum. «Damit
kaufen wir einen Handstaubsauger.» Also fuhren
wir am Samstag zu diesem Geschäft und kaum
angekommen, fiel mir sofort ein Handstaubsauger
für 29 Franken und 50 Rappen auf. «Der ist Mist»,
sagte die Freundin. «Mit dem kann man höchstens
Brotkrümel vom Esstisch aufsaugen.» Dann er-
blickte ich ein anderes Modell für 59 Franken.
«Den nehmen wir», sagte ich im Wissen, neun
Franken draufzulegen. «Ich empfehle Ihnen den
Handstaubsauger der Marke Dyson. Es ist ein Ak-
ku-Sauger mit höchster Leistung, einer Kombi-
Zubehör-Düse, einem Digital-Motor und mit 15
Minuten konstanter Saugkraft. Und das für nur
179 Franken», sagte ein Verkäufer, der aus dem
Nichts auftauchte. Ich begann zu rechnen: 179
Franken, da muss ich noch 129 Franken draufle-
gen. Und das für einen Handstaubsauger. So dre-

ckig ist mein Auto eigentlich nie. «Den nehmen wir», sagte die Freundin. «Fein», sagt der Verkäufer, holte eine Bockleiter und stieg hinauf, um den Dyson runterzuholen. «Den finde ich jetzt grad nicht», sagte er. «Aber hier hätte ich noch das saugkräftigere Modell für 210 Franken.» «Komm, wir gehen wieder», sagte ich zur Freundin. «Der ist zu faul zum Suchen.» Dann hat er den Dyson für 179 Franken doch noch gefunden. Zu Hause angekommen, las die Freundin die Gebrauchsanweisung. «Schnelles und hygienisches Entleeren», sagte sie. Und: «Unser neuster Motor dreht sich fünfmal schneller als der Motor eines Rennwagens.» Das hat mich schlussendlich überzeugt.

NACHTRAG ZUM HANDSTAUBSAUGER

Kürzlich habe ich euch erzählt, dass ich einen Handstaubsauger der Marke Dyson gekauft habe. So einen Staubsauger hat sich die Freundin gewünscht, um mein neues Auto regelmässig zu putzen. Da sie einen 50-Franken-Gutschein von einem Elektrogeschäft hatte, liess ich mich überreden, so einen Handstaubsauger für 179 Franken zu erwerben. Natürlich reuten mich die 129 Franken Differenz, die ich aus meinem Portemonnaie berappen musste, was ich der Freundin dann auch im Stundentakt mitteilte. Meiner Worte überdrüssig geworden, legte sie dann aus ihrer Brieftasche 100 Franken drauf, so dass mich der Dyson schlussendlich 29 Franken kostete. Dafür saugt sie jetzt meinen Wagen wöchentlich mit dem Dyson, was ich einigermassen übertrieben finde. Mein Auto ist innen so sauber, dass man eine Herzoperation durchführen könnte. Es ist ein fahrbarer Operationssaal, so richtig steril. Aber ich muss zugeben: Der Dyson hat eine Saugkraft, dagegen ist kein Kraut gewachsen. Ein Handstaubsauger mit doppelt so hoher Saugkraft im Vergleich zu anderen Saugern, und einem Motor, der fünfmal schneller ist als der Motor eines Rennwagens. Und wenn Sie das immer noch nicht beeindruckt, kann ich gleich noch einen drauflegen: Die Behälterentleerung erfolgt einfach und hygienisch per Knopfdruck. Aber wenn ich mir überlege, dass ich die vollen 179 Franken hätte bezahlen müssen, dann hätte mir allein der Gedanke den Verstand aus dem Hirn gesaugt. Obwohl dieser Preis eigentlich ein Schnäppchen ist: Bei der Konkurrenz kostet das gleiche Modell 189 Franken und 95 Rappen.»

STRENG GEHEIM

Wenn Sie hin und wieder Fussball im Fernsehen gucken, ist Ihnen bestimmt schon aufgefallen, dass Fussballer und Trainer die Hand vor den Mund halten, wenn sie miteinander sprechen. Zuerst habe ich gedacht, die machen das, weil sie Mundgeruch haben. Oder Paradentose im Endstadium. Oder weil sie gerade ihre Zähne zur Reparatur ins Zahnarztzentrum eingeschickt haben. Aber das ist nicht der Grund. Ein Fussballexperte hat mich aufgeklärt, wieso die das machen. Er sagte, die machen das, um zu verhindern, dass jemand mitbekommt, was sie zu sagen haben. Der ehemalige Trainer des FC Zürich, Urs Meier, war zum Beispiel so einer. Was er hinter vorgehaltener Hand mitzuteilen hatte, war so wichtig und geheim, dass es nicht für die Fernsehzuschauer bestimmt war. Strenge Geheimhaltung wie bei den US-Geheimdiensten NSA oder CIA. Mindestens. Urs Meier war sich bewusst, dass viele Kameras auf ihn gerichtet waren, wenn er auf der Trainerbank sass, die er dann meistens als Verlierer wieder verliess. Meier wollte verhindern, dass ich als Fernsehzuschauer mitkriegte, was er seinem Assistenten Wichtiges mitzuteilen hatte. Zum Beispiel: «Sag dem Alain Nef, dieser Pfeife, dass er den Marco Streller öfter foulen soll, wenn er in die Nähe des Strafraums kommt.» Dann ist der Assistenztrainer aufgestanden, hat den Nef zu sich zitiert, und ihm genau das hinter vorgehaltener Hand zugeflüstert. Alain Nef hat kurz genickt, sich die Hand vor den Mund gehalten und gesagt: «Mache ich!» Was würde passieren, wenn wir Zuschauer das mitbekämen? Ich hätte ja reagieren können, um das umgehend Streller mitzuteilen, indem ich ihm sofort telefoniert hätte. Dieser hätte während eines Basler Angriffs nach Abbremsung seines Sturmlaufes sein Handy aus der Hosentasche gezogen und sich bei mir hinter vorgehaltener Hand bedankt: «Vielen Dank, Herr Köbeli, ich werde fortan den Zweikampf mit Alain Nef meiden. Zudem können Sie mir gleich Ihr Bankkonto nennen, damit ich Ihnen einen Teil der Siegprämie überweisen kann.»

AUSGEDIENT

Die Jungen sind auf dem Vormarsch. Wir Alten haben ausgedient. Der Sargdeckel ist geöffnet. Apropos «Alten»: «Der Alte», einer meiner Lieblingskrimis, ist im totalen Verjüngungswahn. Bald wird auch Michael Ande (Kommissar Gerd Heymann) durch einen jüngeren Schauspieler ersetzt. Mir blutet das Herz. Es ist noch nicht lange her, da war Ande selbst ein ganz junger Mann. Erinnern Sie sich an den Abenteuerfilm «Die Schatzinsel» (Erstausstrahlung: 25. Dezember 1966), als Michael Ande den Jim Hawkins spielte? Die heutigen Krimis werden für die jüngere Generation angepasst. Es wird genuschelt, die Hälfte versteht man gar nicht mehr. Es wird mit dem Handy herumgezappt, die Kommissarinnen sind meistens schwanger oder ledig mit drei Kindern, die sie neben der Verfolgung des Mörders aufziehen müssen, und die Kommissare haben in der Regel einen mittleren Dachschaden. Die Handlungen haben ein verschärftes Tempo, ich komme da kaum noch mit. Das waren noch Zeiten: «Der Kommissar», «Derrick», die dreiteiligen «Durbridge»-Strassenfeger in den 60er-und 70er-Jahren, als man, während der Film lief, keine Menschenseele auf der Strasse antraf. Oder die «Edgar-Wallace»-Filme. Alles vorbei. Auch die «Tatort»-Krimis am Sonntagabend zielen auf ein junges Publikum. Das Lokalkolorit ist flöten gegangen, es tummeln sich Drehbuchschreiber und Regisseure, die man noch vor 30 Jahren mit Schimpf und Schande aus der Fernsehwelt vertrieben hätte. Gesteinigt hätte man sie und womöglich lebenslang in den Knast gesteckt. Uns Oldies bleibt nichts anderes übrig, als uns zähneknirschend zu fügen, die Ohren zu spitzen oder das Hörgerät auf höchste Lautstärke zu regeln, damit man das Nuscheln versteht. Nein, liebe Oldies, es liegt nicht an eurem Fernsehgerät, die reden heute tatsächlich so. Die Hälfte versteht man gar nicht mehr. Vielleicht ist das auch besser so …

EIN DANKESCHÖN AN DIE POLIZEI

Eigentlich wollte ich nichts mehr über die Polizei schreiben, aber nach dem Vorfall in Dulliken blieb mir keine andere Wahl. Die Zuschauer hatten mich genötigt, darüber zu berichten. Bei dieser Gelegenheit lege ich heute noch einen drauf und kann die Polizei auch mal loben. Im Schöngrund herrscht jetzt Ruhe. Die Polizisten haben fleissig Parkbussen geschrieben, so dass wir jetzt keine «fremden Fötzel» mehr im Quartier haben. Was für eine Ruhe, seit der Verkehr abgenommen hat! Hin und wieder probiert es noch ein Aargauer, aber die kriegen wir auch noch in den Griff. Merke: Ein Aargauer hat eigene Verkehrsregeln! Sogar Kollege Heinz habe ich gestern getroffen, als er mit seinem Hund spazieren ging. «Da hat die Polizei aber ganze Arbeit geleistet», sagte Kollege Heinz. «Diese Ruhe hier, einfach traumhaft! Und diese freien Parkplätze, herrlich!» Er sagte, dass es auch den Hund wieder vermehrt in den Schöngrund ziehe, weil es nicht mehr lärmig sei. Vorher wäre ihm ein Spaziergang durch die Baslerstrasse lieber gewesen. Wie gesagt: Ein kräftiges Dankeschön an die Polizei. Kollege Heinz hingegen sah ein wenig mitgenommen aus, was am Fixateur liegen musste, der an seinem Oberarm angebracht war. «Ein Bruch unterhalb des Oberarmkopfes – subkapitale Humerusfraktur – infolge eines Zusammenstosses mit einem Skateboarder, als ich aus dem Haus kam», erklärte Kollege Heinz. Mir kann man ja alles erzählen, aber stimmen wird's schon. Ich sagte Kollege Heinz, dass das auch ein bisschen seine Schuld sei, wenn er immer mit Tempo aus dem Haus stürmt.

UND EWIG SINGT DER CARPENDALE

Am Samstagabend stiess ich beim Herumzappen auf die «Starnacht am Wörthersee» im ORF 2. Howard Carpendale sang «Alone Again». Ich sagte zur Freundin, dass man den vielleicht mal auf der Bühne totschlagen müsste. Sie sagte, sie habe eben dasselbe gedacht. Hätte mir damals einer gesagt, dass ich den Carpendale auch 40 Jahre später in alter Frische im Fernsehen sehen würde, hätte ich ihn für verrückt erklärt. Auch bei den Rolling Stones hätte es sich ähnlich verhalten. Hätte mir einer gesagt, dass diese auch 50 Jahre später noch rocken würden, hätte ich es nicht geglaubt. Natürlich liegt das schon ein bisschen an der Qualität. Die talentfreien Interpreten von heute werden dies vermutlich niemals schaffen. Angenommen, ich segne morgen das Zeitliche und Gott lässt mich nach einer zehnjährigen Eingewöhnungszeit wieder für ein paar Tage auf die Erde, um ein bisschen herumzuzappen, wird dieser Carpendale «Deine Spuren im Sand» singen. Und wenn ich auf den Musikantenstadl umschalte, singt Heino «Blau blüht der Enzian». Diese Kerle sind nicht tot zu kriegen. Alles wird sich verändert haben, wenn ich zehn Jahre später erneut die Erde für ein paar Tage betrete: Die Raucher sind komplett ausgestorben, und die Fleischesser hat man in Zwinger gesperrt. Vor dem Sex haben die Menschen eine 20-seitige Gebrauchsanweisung zu lesen, die über die notwendigen Hygienevorschriften Auskunft gibt. Aber noch immer singt Howard Carpendale «Tür an Tür mit Alice», Heino «Schwarzbraun ist die Haselnuss» und Gitte «Ich will 'nen Cowboy als Mann». Und dann schalte ich wieder auf den Musikantenstadl um und Costa Cordalis singt «Anita», Bata Illic «Michaela» und Roberto Blanco «Ein bisschen Spass muss sein», was mir endgültig den Rest gibt. Ich bin dann froh, bald wieder im Himmel zu sein.

DIE STELLVERTRETUNG

Die Freundin und ich waren in Losone in den Ferien, in einer bezaubernden Pension. Von da aus besuchten wir Ascona und Locarno, wir waren in Tälern und auf den Bergen. Kulinarisch dinierten wir auf höchstem Niveau. Natürlich waren nur Tessiner Spezialitäten angesagt. Ganz ohne Oltner ist man nie in den Ferien. Täglich begegnete ich jemandem aus unserem Städtchen. Als ich in Ascona an der Piazza einen Campari Orange trank, setzte sich eine ehemalige Mitarbeiterin neben mich. Ich freue mich immer, jemanden in den Ferien zu treffen, den ich auch zu Hause täglich sehe. Damit habe ich kein Problem. Aber wo fährt man hin, wenn man keinen Oltner treffen will? Vielleicht nach Tristan da Cunha, einer Insel im Atlantischen Ozean. Aber unterschreiben würde ich das nicht. Vor der Rückreise stach mich irgendein Insekt in die Hand. Die Schmerzen in der Nacht waren beinahe unerträglich. Am anderen Tag, vor der Abreise, hatte meine Hand die dreifache Dimension angenommen. Zu Hause angekommen meinte die Freundin, ich solle unbedingt den Hausarzt kontaktieren, die Hand sehe schlimm aus. Also rief ich den Hausarzt an, der jedoch Ferien hatte. Der Telefonbeantworter sagte mir, wer sein Stellvertreter war. Ich rief an, sagte der Arzthelferin, dass meine Hand höllisch schmerze, extrem heiss sei, mörderisch beisse und dass die Schwellung immer grösser werde. Die Arzthelferin sagte, dass sie die Stellvertretung erst ab Montag haben, heute sei erst Mittwoch. Ich sagte, ich könne die Hand nicht mehr bewegen. Sie sagte, sie bedaure, sie wären erst ab Montag für mich zuständig. Ich versuchte es anderswo in einer Apotheke und wurde sofort behandelt. Ich hätte Glück gehabt, sagte man mir. Es hätte eine Blutvergiftung geben können. Ich stellte mir dann vor, jemand hätte mir am Mittwoch ein Messer in den Bauch gerammt und ich hätte diese Stellvertretung angerufen. Die Arzthelferin, die ich hiermit als blödes Huhn bezeichne, hätte gesagt: «Wir sind leider erst ab Montag für Sie zuständig.» Aber eigentlich wollte ich gar nicht jammern. Ich habe Kollege Heinz in der Apotheke getroffen. Er hatte sich gerade ein schmerzlinderndes und kühlendes Gel gekauft, dazu einen elastischen Druckverband. «Gestern, als ich aus dem Haus kam, hat mich eine alte Frau mit einem Rollator über den Haufen gefahren. Sie war zügig unterwegs», sagte Kollege Heinz. «Sie hat mich

voll von der Seite erwischt, es hat höllisch wehge-
tan.» Ich wünschte ihm gute Besserung, dann
humpelte Kollege Heinz davon.»

ÜBER BEISITZER UND BEISCHLÄFER

Unglaublich, wie sich die Zeiten ändern. Kürzlich habe ich ein bisschen auf der Homepage des Solothurner Fussballverbandes herumgesurft und Erstaunliches entdeckt: Der Fussballverband hat dafür gesorgt, dass sämtliche Vereine bis hinunter in die 5. Liga wie Grosskonzerne organisiert sind. Da gibt es den Finanzchef und den Leiter Marketing. Es gibt den Sportplatzsachbearbeiter und den Administrationsleiter. Nicht zu vergessen sind Geschäftsstellenleiter und Koordinator. Der FC Bellach verfügt sogar über einen Verantwortlichen fürs Buvette. Als ob man diesen nicht einfach als Clubhauswirt bezeichnen könnte. Noch eine Schippe drauf legt der FC Solothurn: Dort gibt es eine Sekretariatsleiterin, einen Sicherheitsverantwortlichen und einen Transferchef obendrauf. Wahnsinn! Früher, als ich noch einem Fussballvorstand angehörte, gab es einen Präsidenten, einen Platzwart und einen Juniorenobmann. Schon als der «Sportchef» eingeführt wurde, war uns das ein bisschen peinlich. Das muss vor gefühlten 100 Jahren gewesen sein. Aber wenn man heute genauer hinsieht, fällt einem Erschreckendes auf. Oft

sind es drei oder vier Personen, welche die vorge-
gebenen Funktionen erfüllen. Welche dazu ver-
donnert werden, diese meist ehrenamtlichen Äm-
ter auszuführen. Und wenn man die Misere auf
den Punkt bringen will, braucht man nur das Be-
gleitschreiben des Präsidenten des FC Trimbach
auf die 106. Generalversammlung zu lesen: «Wir
stellen der Versammlung für die 106. Generalversammlung folgende Forderung: Sollte es uns bis
am 31.12.2013 nicht gelingen, die Vakanzen im
Vorstand zu besetzen, wird der Vorstand geschlos-
sen auf die 107. Generalversammlung zurücktre-
ten. Aus diesem Grund werden an dieser Generalversammlung alle Vorstandsmitglieder nur auf 1
Jahr Amtszeit gewählt werden.» Wenn man dann
doch einen Verein findet, in dem es von Funktio-
nären nur so wimmelt, dann ist das mit Vorsicht zu
geniessen. In diesen Vereinen sitzen auffallend
viele Beisitzer, die im Grunde genommen nichts
anderes tun, als beizusitzen. Statt beizutragen.
Darum ist ein Beisitzer genau genommen nichts
anderes als ein Beischläfer. Ein Beischläfer, der hin
und wieder seinen Senf dazugibt, jedoch, mangels
klar definierter Funktionszuweisung, nichts Vernünftiges tut. Natürlich gibt es auch Ausnahmen.

MIT ODER OHNE ALKOHOL?

Wenn man älter wird, macht man sich häufig Gedanken über die Gesundheit. Trinke ich zu viel? Rauche ich zu viel? Ernähre ich mich gesund? Bewege ich mich hin und wieder? Als ich kürzlich einen Zeitungsbericht über jugendliche «Kampftrinker» las, machte ich mir Gedanken über meine Trinkgewohnheiten. Ich trinke regelmässig Alkohol. Massvoll, wage ich zu behaupten. Am Wochenende zum feinen Essen ein Glas Wein. Vor dem Fernseher, wenn Champions League läuft, ein Bierchen. Oder zwei. Früher war das anders. Wenn ein Kollege anrief, ob ich Lust hätte, im «Chöbu» ein Bier zu trinken, sagte ich selten nein. Wenn ich ganz ehrlich bin, sagte ich überhaupt nie nein. Natürlich blieb es nicht bei dem einen. Vier Stunden am Tresen verlangten einiges ab. Aber wie ist es, wenn man überhaupt keinen Alkohol trinkt? Was bestellt man an der Bar? Ein Glas Milch? Eine Cola? Ein alkoholfreies Bier? Hat ein Nicht-Alkoholtrinker überhaupt das Recht, an einer Bar zu stehen? Ich denke, dass der Unterschied darin liegt, ob einer überhaupt noch nie getrunken oder gerade aufgehört hat. Der, der aufgehört hat, trinkt einen Bananas-Shake. Oder einen Grapefruit-Cocktail. Hoffend, dass der ihn auch betrunken macht. Ich habe mal ein Jahr lang keinen Schluck Alkohol getrunken. Am Anfang hatte man das Gefühl, dass sich die Alltagssorgen ohne Alkohol nicht verflüchtigen. Wobei das bei mir nichts mit Entzug zu tun hatte, es war einfach eine Gewohnheitssache. Die Idee im Hinterkopf, plötzlich der einzige auf der Welt zu sein, der keinen Alkohol trinkt. Das Schlimme am Nicht-Alkoholtrinken war, um 4 Uhr morgens in einer Bar als einzig nüchterne Person den Untergang der Menschheit zu beobachten. Alle betrunken, nur ich nüchtern. Wahnsinn. Was mir aber auch die Erkenntnis brachte, dass man auch ohne Alkohol lustig sein kann. Aber mit ist einfacher. Diese Kolumne habe ich übrigens vollkommen nüchtern geschrieben.

FEHLENDE ZEIT

Was mich eigentlich beschützen sollte, macht mich kaputt. So wie ich die Arbeit der Polizei im Grunde genommen schätze, ärgere ich mich trotzdem über sie. Seit Jahren schreibe ich über die Schöngrundfahrer, die verbotenerweise durch das Quartier fahren. Autofahrer, die täglich entsprechende Signalisationen missachten. Anschaffungskosten, die man sich hätte schenken können, gerade jetzt, wo die Stadt sparen will. Ich schreibe seit Jahren über die Falschparkierer, die Anwohnern am Fluhweg und an der Hagbergstrasse die Parkplätze wegnehmen. Trotzdem werden keine Kontrollen gemacht, was ich nicht verstehe. Mir ist bewusst, dass die Polizei in Olten alle Hände voll zu tun hat. Schliesslich ist die Stadt voll von Massenmördern, Serienvergewaltigern und Einbrechern. Exhibitionisten lauern auf den Schulhöfen, um bei der richtigen Gelegenheit blank zu ziehen. Tausende von Trickdieben treiben in der Stadt ihr Unwesen. Geistesgestörte Heckenschützen lauern hinter jeder Ecke, um unschuldige Passanten über den Haufen zu schiessen. Olten ist die Stadt der Sniper. Drogendealer verkaufen ihren Stoff auf offener Strasse, die Mafia hat Filialen im Städtchen eingerichtet, und entwichene Psychopathen verstecken sich in den Winkeln der Altstadt. Trotzdem könnte man doch hin und wieder einen Polizisten abkommandieren, der im Schöngrund auf der Lauer liegt und die Falschparker anspricht. Es kann doch nicht sein, dass die halbe Region am Fluhweg gratis parkiert. Einige stellen ihr Auto sogar wochenlang ab. Hin und wieder eine Kontrolle und die Lage würde sich bessern, denke ich. Im Moment schaue ich aus dem Büro an der Ringstrasse und sehe, dass sich gerade eine Strassenschlacht entwickelt. Ein Streit rivalisierender Banden. Es wird aus allen Richtungen geschossen, die Leute liegen verletzt auf der Strasse, einige atmen nicht mehr. Bomben detonieren, es ist die Hölle los. Die Polizei kreuzt mit einem Grossaufgebot auf, bis auf die Zähne bewaffnet. Und ich Depp habe geglaubt, die hätten Zeit, Kontrollen im Schöngrund durchzuführen.

DER MEXIKANER

Wir Anwohner der Hagbergstrasse und des Fluhwegs kennen uns mittlerweile recht gut. Das
kommt davon, dass wir hin und wieder morgens
gemeinsam zur Arbeit spazieren, weil wir am
Abend zuvor keinen Parkplatz fanden und deshalb
in der Stadt parkieren mussten. Obwohl wir wissen, dass der eine oder andere gleich einen Bus-
senzettel unter dem Scheibenwischer finden wird
oder eine hohe Parkhausrechnung begleichen
muss, haben wir es recht lustig. Wir sagen, dass
wir es kaum erwarten können, bald wieder in den
Medien zu lesen, wie die Polizei die Anliegen der
Bevölkerung ernst nimmt. Wir sagen, dass wir es
kaum erwarten können, bis wieder ein Polizeikommandant zur Audienz bittet, um sich die Sorgen der Leute anzuhören. Und wir sagen, dass wir
uns auf die nächsten Wahlen freuen, wo eine om-
nipräsente Polizei dann ein optimales Wahlver-
sprechen sein wird. Und wir lachen und lachen. In
diesem Moment hält ein Auto mitten auf der
Strasse und ein Mexikaner kurbelt die Scheibe
herunter. Er hat tiefschwarzes Haar, einen runden
Kopf, buschige Augenbrauen, einen riesigen

Schnurrbart, einen viereckigen Mund und riesige Zähne Modell Lego. Nur der Sombrero fehlt. Ansonsten so, wie man sich eben einen Mexikaner vorstellt. Er fragt nach dem Fluhweg und vergisst nicht zu erwähnen, er habe gehört, dass man dort gratis parkieren könne. «Noch 30 Meter, dann haben Sie Ihr Ziel auf der rechten Seite erreicht», sage ich zu ihm. Er bleckt seine Zähne, bedankt sich, fährt weiter und beginnt zu singen: «La Cucaracha, la cucaracha …» Und wir Anwohner der Hagbergstrasse und des Fluhwegs spazieren durch den Stadtpark und freuen uns, dass wir wieder einen Autofahrer glücklich gemacht haben.

Liebe Stadtpolizei, heute versuche ich es mal auf eine andere Art, eure Aufmerksamkeit zu gewinnen. Auch auf Drängen meiner Nachbarn. Ihr ahnt schon, um was es geht: Es geht um die Parkplätze am Fluhweg und an der Hagbergstrasse. Zuvor soll aber gesagt sein, dass ich eure Arbeit ausserordentlich schätze, schliesslich war ich selbst mal dabei, als ihr im Fustliggebiet eine Grosskontrolle durchgeführt habt. Ich durfte über eure Aktion schreiben und attestierte euch daraufhin eine souveräne Arbeit. Auch eurer Chefin, der Frau Stadträtin, kann ich eine gute Arbeit attestieren, nicht ohne Grund schliesse ich auch sie hin und wieder in mein Nachtgebet ein. Aber aus irgendeinem Grund lasst ihr uns Anwohner der Hagbergstrasse und des Fluhwegs im Stich. Ums Verrecken führt ihr dort keine Kontrollen durch, so dass ich euch diesbezüglich eine eher lausige Arbeit bescheinigen muss. Jetzt schreibe ich über dieses Problem schon seit Wochen, nerve euch Woche für Woche, habe auch haufenweise Reaktionen, nur von euch höre ich nichts. «Steter Tropfen höhlt den Stein», so meine Strategie, die, wie ich inzwischen gemerkt habe, überhaupt nicht fruchtet. Natürlich könnte ich jetzt auf die Tränendrüse drücken, könnte irgendwelche Abenteuergeschichten erfinden, in der Hoffnung, endlich Gehör zu finden. Könnte euch die fiktive Geschichte eines Nachbars erzählen, der nach einer Hai-Attacke vor der Küste Hawaiis jetzt leidgeprüft und mit einem Holzbein ausgestattet, dringend auf einen Parkplatz angewiesen wäre. Obwohl in der Nachbarschaft gemunkelt wird, dass die Amputation nach einem Autounfall im verkehrsreichen Schöngrund erfolgte. Warum wohl? Aber nein, mit solchen Schauermärchen will ich euch gar nicht hinter dem Ofen hervorlocken, möchte euch auf keinen Fall ein schlechtes Gewissen zufügen, das euch schlaflose Nächte bereitet. Aber ihr wisst noch gar nicht alles, was da bei uns abgeht. Mehr davon nächste Woche.

Und es ist ja nicht so, liebe Polizei, dass nur Leute ihr Auto am Fluhweg oder an der Hagbergstrasse parkieren und dann zu Fuss in die Stadt gehen, um dort zu arbeiten. Nein, es parkieren auch Leute am Fluhweg, die in der Stadt wohnen. Bei dieser Gelegenheit möchte ich mich im Namen der Anwohner bei der Dame mit dem grünen Citroën mit Aargauer Kennzeichen, die an der Dornacherstrasse wohnt und den Fluhweg zum Dauerparkplatz gewählt hat, entschuldigen. Es kann schon mal vorkommen, dass wir Anwohner uns hin und wieder einen freien Parkplatz schnappen, Sie dann weiter oben parkieren müssen und der Fussweg an die Dornacherstrasse für Sie recht lang wird. Wir sind Ihnen auch nicht böse, wenn Sie beim Zweierparkfeld, welches für zwei Autos gedacht ist, Ihr Auto genau in der Mitte hinstellen, damit kein anderer Wagen mehr parkieren kann. Aber jetzt bin ich wieder abgewichen, liebe Polizei. Ich meine, wenn ich auf die Tränendrüsen drücken wollte, könnte ich euch auch die Geschichte vom 90-jährigen Mütterchen erzählen, welches täglich mit ihrem Auto zum Einkaufen fährt und beim Zurückkommen kein Parkfeld mehr findet. Nein, so fies bin ich nicht, will nicht, dass euch die Tränen über die Wangen kullern, will bloss, dass ihr mal einen Abstecher zu uns rauf macht und euch selbst überzeugt, wieso ich euch an den Rand des Wahnsinns treibe. Im Grunde genommen hätte Kollege Heinz nichts dagegen, wenn ich euch in den Wahnsinn treiben würde. So hat er es mir jedenfalls gesagt. Er hat mir eine Liste gemacht, um sie euch zu präsentieren. Darin geht es vor allem darum, dass das Trottoir an der Ringstrasse, rechte Seite, wenn man von der City-Kreuzung daher kommt, nicht mehr von Leuten auf Rollbrettern, Velos etc. befahren wird. Vor allem nicht, wenn er aus seiner Wohnung kommt und den Gehsteig betritt.

OFFENER BRIEF (3)

Liebe Polizisten: Eigentlich habe ich erwartet, dass ihr euch grün und blau ärgert über meinen offenen Brief und mir hinter vorgehaltener Hand einen Lebensabend in einem dunklen Kerker wünscht. Ähnlich wie der Graf von Monte Christo. Aber keine Spur davon, im Gegenteil: Jetzt hat mich der neue Polizeikommandant zu einem Gespräch eingeladen, was ich äusserst souverän finde. Obwohl meine Arbeitskollegin meint, dass er mich nur eingeladen hat, um mich auf der Stelle zu verhaften und eben in diesen Kerker zu werfen. Mal sehen. Übrigens: Die Liste von Kollege Heinz habe ich dem Kommandanten abgegeben. Er hat sie erst mal zur Kenntnis genommen.

Letzte Woche habe ich euch erzählt, dass mich der Polizeikommandant zu einer Unterredung ins Polizeipräsidium eingeladen hat. Stichwort: Fluhweg / Hagbergstrasse. Am letzten Mittwoch war ich bei ihm, obwohl meine Arbeitskollegin vermutete, dass die Einladung nur darum ausgesprochen wurde, um mich auf der Stelle zu verhaften und in einen dunklen Kerker zu werfen mit Wasser und Brot als einzige Freude während meines Dahinsiechens. Dem war aber absolut nicht so. Im Gegenteil: Wir hatten ein tolles Gespräch, dessen Verlauf ich euch leider nicht verraten darf. Wenn ihr euch hin und wieder Krimis anschaut, wisst ihr Bescheid: laufende Ermittlungen und so. Nach dem Besuch bei der Polizei, begegnete ich zufällig Kollege Heinz. Natürlich wollte er wissen, was der Polizeikommandant über seine Liste gesagt hat. «Über laufende Ermittlungen darf ich dir leider nichts sagen», lautete meine Antwort. Daraufhin schaute mich Kollege Heinz mit leicht schrägem Kopf an und sagte: «Schade, ich wäre halt schon froh, wenn die Polizei da was unternehmen würde.» Das mit dem schrägen Kopf hatte seinen

Grund: Als Kollege Heinz vor zwei Tagen auf den Gehsteig trat, fuhr ein Einradfahrer an ihm vorbei und streifte ihn mit dem Ellenbogen am Hals. Seither guckt Kollege Heinz ein bisschen schräg. Es sei aber nicht weiter schlimm, sagte er.

DIE ERNÄHRUNG DER FUSSBALLER

Hin und wieder schaue ich mir im Fernseher einen Fussballmatch an und staune ob der Wortgewandtheit und der mir bildlich zugetragenen Hintergrundinformationen der Fussballreporter. Da geschehen Sachen im Fussball, die mir vorher gar nicht bewusst waren, und die mir ein bisschen zu denken geben. Dinge, die nicht nur mit dem Fussball zu tun haben, sondern Sachen, die mich beschäftigen. Da wechselt der FC St. Gallen zum Beispiel kurz vor Spielschluss einen 1,90 Meter grossen Mittelstürmer ein und der Reporter sagt: «Das ist ein Stürmer, der mit hohen Bällen gefüttert werden muss.» Jetzt frage ich mich, leicht schockiert, ob das gesund ist, wenn sich so ein Mittelstürmer ausschliesslich von Bällen ernährt. Natürlich ist mir bewusst, dass ein Ball längst nicht mehr aus Leder, sondern aus PVC und mehreren Lagen Baumwoll- und Polyesterstoff besteht. Die Gummiblase im Ballinnern ist übrigens aus Naturkautschuk. Das habe ich in einer Zeitung gelesen. Trotzdem bezweifle ich, dass ein Ball dann noch ohne Senf und Mayonnaise einigermassen bekömmlich ist, aber Genaueres könnte mir da wohl nur ein Ernährungswissenschaftler erklären. Als der Mittelstürmer des FC Thun nach 85 Minuten immer noch kein Tor geschossen hat und einsam im gegnerischen Strafraum herumspaziert, sagt der Reporter: «Der Mittelstürmer verhungert im Strafraum.» Das kommt davon, dass sich so ein Mittelstürmer bloss mit Bällen ernährt, statt sich auch mal was Vernünftiges zu gönnen, denke ich im ersten Moment, ohne das Ganze ins Lächerliche ziehen zu wollen. Aber wer will schon verhungern. Und dann noch in einem Strafraum? Und vor zwei Wochen, vor einem enorm wichtigen Spiel, interviewte ein Reporter einen Fussballtrainer, der sagte, dass seine Mannschaft am Sonntag Gras fressen müsse, um dieses kapitale Spiel um Platz 16 zu gewinnen. Und seit dieser Aussage weiss ich endlich, wieso extrem viele Fussball Vegetarier sind. Obwohl: Die Nahrungsaufnahme von Gras scheint mir wesentlich gesünder als das Essen von Bällen. Nur war die Aussage des besagten Trainers nach der 0:4-Niederlage im kapitalen Spiel dann recht doof: «Meine Spieler hatten zu wenig Biss!» Am letzten Sonntag, nachdem die Heimmannschaft sang- und klanglos mit 0:3 verloren hat, wurde der Trainer kurz nach Spielschluss interviewt. Er sagte, dass man in den letzten Wochen zu viele Spiele gehabt hätte und seine Mannschaft aus diesem Grund zu wenig spritzig sei. Mit dieser Aussage konnte ich nicht viel anfangen, aber ich werde als Nächstes herausfinden, was er damit gemeint hat.

NOCH MEHR ÜBER FUSSBALL

Nachdem ich letzte Woche über Gras fressende Fussballer, über Mittelstürmer, die mit Bällen gefüttert werden müssen, und solche, die es nicht werden und darum verhungern, berichtete, sind mir in den letzten Tagen noch weitere Fussballkuriositäten aufgefallen, über die ich mir früher keine Gedanken machte. So habe ich von einem Flankengott gelesen und mir dabei gedacht, dass ein bisschen Religion im Fussball nicht schaden kann. Einem Flankengott, der im Interview sagte, dass er Mühe hatte, am Aussenverteidiger vorbeizukommen, da dieser ein Terrier, ein Wadenbeisser, sei. Ich habe mir den Namen des Wadenbeissers und dessen Mannschaft gemerkt und bin tatsächlich gespannt, ob da auch Hunde mitspielen dürfen. Doch nicht genug. Kürzlich sagte ein Reporter, dass die Nummer 6 ein typischer Wasserträger sei, der dem Spielmacher den Rücken freihalte. Ums Verrecken habe ich jedoch keinen Eimer gesehen, der von diesem Wasserträger getragen wurde, so bleibt mir nichts anderes übrig, als mich bei einem Arbeitskollegen zu erkundigen, der sich für einen Fussballexperten hält. Anderes

Spiel: Der Reporter sagte, Mesut Özil beherrsche den sogenannten Chirurgenpass, das sei ein Pass in die Tiefe, welcher die Hintermannschaft regelrecht aufschneide. Ach du meine Güte, wie schrecklich! Oder die Aussage eines anderen Reporters, der sagte, dass heute keine Mannschaft mehr mit einem Ausputzer spiele. Was soll ich davon halten? Was oder wen hat dieser Ausputzer ausgeputzt? Dann die Aussage des Startrainers, der sagte, seine Spieler müssen die Köpfe leeren, um für das nächste Spiel bereit zu sein. Wobei ich noch nie gesagt habe, dass in einem Kopf eines Fussballers ohnehin nichts steckt und die logische Frage jetzt wäre: Was will man da leeren? Nein, das habe ich nie gesagt, trotzdem verstehe ich die Aussage nicht. Verstehe nicht, wie man Fussball spielen will mit einem leeren Kopf, wo ja dann auch das Hirn fehlt, und um einen gescheiten Pass zu spielen, bedarf es schon den einen oder anderen Gedanken, bin ich der Meinung.

BANANENFLANKE & CO.

Die Leserinnen und Leser sind äusserst angetan wegen meiner Entschlüsselungen der Fussballsprache. So sagt Renate S. aus H.: «Mir ist das noch nie aufgefallen!» Und Werner K. aus O. hält mich sogar für den Briefkastenonkel und fragt: «Herr Köbeli, was ist eine Bananenflanke?» Das kann ich leicht beantworten: «Eine Bananenflanke ist, wenn Mani Kaltz auf Horst Hrubesch flankt und dieser den Ball ins Tor köpft bzw. flankte und köpfte, denn das ereignete sich in den 80er-Jahren, als der Hamburger SV noch gross aufspielte.» Kürzlich las ich einen Matchbericht eines 3.-Liga-Spiels, wo der Berichterstatter schrieb, dass der Mittelstürmer in der 77. Minute förmlich im Strafraum explodierte. Abgesehen davon, froh zu sein, nicht der Platzwart zu sein, der diese Sauerei wegputzen muss, finde ich es äusserst traurig, wenn ein junger Spieler einem Terrorakt zum Opfer fällt. Und dann noch in einem Fussballstrafraum. Eine Frage stelle ich mir auch oft: Wenn eine Herrenmannschaft Manndeckung spielt, was spielt dann eine Frauenmannschaft? Fraudeckung? Falls ich jetzt sexuell anzüglich geworden bin, bitte schön: Vor zwei Wochen wurde der Trainer des FC Basel, Murat Yakin, gefragt, wie es ihm gelungen sei, seine Mannschaft auf das Chelsea-Spiel so «giggerig» zu machen. Und der Trainer der Frauenfussballmannschaft schreit nach der Halbzeitpause dem Reporter ins Mikrofon: «Jetzt werden wir auf dem ganzen Platz 45 Minuten lang pressen!» Also, mir wird das langsam zu viel.

«LODAR» IST NICHT DUMM

«Die Schweiz gehört nicht in den Topf 1», sagte Lothar Matthäus vor der WM-Auslosung am 6. Dezember im brasilianischen Costa do Sauipe. Matthäus sagte auch schon mal, dass man den Sand nicht in den Kopf stecken sollte, was die vorherige Aussage dann ein wenig relativiert. Natürlich: Als Losfee sollte man keine solchen Aussagen im Vorfeld einer WM-Auslosung tätigen, das haben die anderen ehemaligen Weltstars auch nicht getan. Ausser eben «Loddar». Aber: Lothar Matthäus ist nicht dumm, er hat bloss erhebliche Probleme beim Denken. Klar: Fussballgiganten wie Holland, Italien oder Frankreich sind besser als die Schweiz und hätten in den Topf 1 gehört. Aber für die Weltrangliste wurden die Ergebnisse vergangener Jahre herangezogen. Je kürzer ein Spiel zurücklag, desto mehr Punkte gab es und der Stand war Oktober. Lothar Matthäus war ein begnadeter Fussballer, einer der besten aller Zeiten, daran gibt es nichts zu rütteln. Auch als Trainer hätte er womöglich eine grosse Karriere hingelegt, wenn er sich nicht in den letzten Jahren mit seinen Frauengeschichten zum Deppen gemacht hätte. Mit Partizan Belgrad wurde er als Trainer in der Saison 2002/2003 sogar Meister, wobei zu erwähnen ist, dass die Mannschaft schon über 20 Punkte Vorsprung auf den Zweitplatzierten hatte, als «Loddar» das Team am 22. Dezember 2002 übernahm. Mit dieser Ausgangslage wäre auch meine Tante Klara Meister geworden, schätze ich mal. Mit eben diesem Partizan Belgrad nahm Matthäus im Sommer 2003 am Sempione-Cup in Balsthal teil. Ich hatte vorgängig mit dem Veranstalter ausgemacht, dass ich mit «Loddar» vor einem Spiel ein Interview machen kann. Also traf ich ihn, er liess sich fotografieren, aber für ein Interview war er nicht zu haben, auch nicht nach dem Spiel. Er sagte, ich solle am anderen Tag, einem Montag, ins Trainingslager ins Wallis kommen, dort könne man das Interview machen. «Sie können mich mal», war meine höfliche Antwort. Ich mag ihn trotzdem.

PROSTITUTION VERBIETEN?

In Schweden ist Prostitution verboten, in Deutschland fordert die Feministin Alice Schwarzer ebenfalls ein Verbot für die käufliche Liebe und sogar Strafen für die Freier. Auch in der Schweiz wird über ein solches Verbot diskutiert. Ich habe mir natürlich meine Gedanken darüber gemacht und mich zuerst gefragt, wieso zwei Menschen miteinander Sex haben. Meine Erkenntnisse: a) weil sie sich lieben; b) weil sie erregt sind; c) weil es ihnen beruflich etwas bringt; d) weil sie betrunken sind; e) weil ihnen langweilig ist; f) weil sie zwischen dem Wetterbericht und dem «Tatort» 20 Minuten Zeit haben; g) weil sie sich ein Kind wünschen. Diese Liste könnte noch beliebig ergänzt werden, aber die Gretchenfrage ist eine ganz andere: Was macht jemand (immer vom Manne ausgehend), der keine Partnerin findet, mit der er Sex haben kann, weil a) er unvorteilhaft aussieht; b) er unangenehm riecht; c) er irgendeine Krankheit hat; d) er bestimmte Neigungen hat, die nur von bestimmten Personen befriedigt werden können. In verschiedenen Interviews habe ich gelesen, dass Alice Schwarzer sagte, dass es keine Frau gibt, die den Beruf als Prostituierte gerne ausübt. Das mag stimmen, und es gibt bestimmt noch ganz andere Berufe, die man eher weniger gerne ausübt. Ich denke da an Leichenwäscher, Hirntod-Diagnostiker, Kremationstechniker oder Finanzbeamter. Berufe, die ausgeübt werden müssen und notwendig sind, damit unser System funktioniert, obwohl einer mit so einem Beruf vielleicht mit weniger Freude zur Arbeit geht als zum Beispiel ein Coiffeur oder ein Schlagersänger.

AUFKLÄRER UND SITZPINKLER

Ein Leser hat mir geschrieben und sich für meine letzte Kolumne «Prostitution verbieten?» bedankt. Er wisse jetzt endlich, so hat er geschrieben, wieso er hin und wieder Sex habe, das habe er vorher nicht genau gewusst. Ebenfalls sei ihm dank meiner Kolumne bewusst geworden, wieso sein Nachbar einmal im Monat ein Bordell besuche, dafür möchte er sich, so hat er geschrieben, gleich ein zweites Mal bedanken. Das freut mich natürlich ungemein, wenn dank meiner Worte dem einen oder anderen Leser Hilfe geboten wird. Ich persönlich hätte so meine Bedenken, wenn es plötzlich keine Prostituierten mehr geben würde und sich der eine oder andere Lustmolch anderweitig umsehen müsste. Die vielen Verbote, und das sage ich hier klar und deutlich, gehen mir ohnehin langsam auf den Wecker. Man darf an den meisten Orten nicht mehr rauchen. Die Hunde dürfen nicht mehr sch..., wenn sein Herrchen nicht unverzüglich den Kot entfernt. Man darf nicht mehr so reden, wie einem der Schnabel gewachsen ist, ohne gleich zu befürchten, als Rassist verhaftet zu werden. Die jungen Leute dürfen in

Schulen keine Hotpants mehr tragen usw., usw. Jetzt fehlt nur noch das Verbot für das Pinkeln im Stehen, dann ist der Verbot-Wahnsinn perfekt. Wobei: Wenn dieses Gesetz Einzug hielte, ginge mir das am A... vorbei, und jetzt oute ich mich und sage es wort- und rhythmusähnlich wie damals Kennedy in Berlin: «Ich ... bin ... ein ... Sitzpinkler.»

BIN ICH BLÖD?

Am Donnerstag habe ich bis 20 Uhr gearbeitet und war dann noch auf ein Bier im «Chöbu». Beim Heimfahren hat es mich in der Römerstrasse geblitzt. 40 Franken Busse, der Einzahlungsschein lag schon zwei Tage später im Briefkasten. Es hätte mich nicht verwundert, wäre er noch am selben Abend von der Polizei persönlich überbracht worden. Der Blitzerkasten stand perfide versteckt neben einem Container. Ein richtig genialer Kerl, der sich solche Standorte ausdenkt. Spontan kam mir der Mann in den Sinn, der die Verpackungswelt revolutioniert hat, wobei ich diesen ja als Wahnsinnigen deklarierte, was ich beim Blitzerkastenmann selbstverständlich ausschliesse. Aber so einen, der sich solche Standorte ausdenkt, den findet man nicht einfach so um die Ecke, den muss man suchen, per Inserat oder so. Ich fuhr in der 20er-Zone 29 km/h. Somit ist es nur logisch, dass ein Extremraser wie ich zur Kasse gebeten werde, schliesslich kann ich mit diesem Betrag der Stadt Olten helfen, aus der Finanzmisere herauszukommen. Ich hätte auch eine höhere Strafe akzeptiert, schliesslich ist die Römerstrasse keine Formel-1-

Strecke, wo man mit 29 Sachen ungestraft durchbrettern kann. Am Tag darauf habe ich dann festgestellt, dass sich die Tarife fürs Parkieren in der Stadt verdoppelt haben. Für eine Stunde bezahlt man jetzt zwei Franken, und das finde ich ebenfalls optimal, weil es wiederum der Stadt hilft, die leere Kasse zu füllen. Besonders freuen werden sich die Auswärtigen aus dem Gäu und dem Niederamt, dass sie beim Einkaufen in Olten so richtig zur Kasse gebeten werden. Und auch die Ladenbesitzer haben sich tierisch gefreut und sogleich eine Polonaise durch die Stadt veranstaltet: «Hier fliegen gleich die Löcher aus dem Käse ...». Doch auch hier ist die Sache ganz logisch: Wieso soll ich zum Einkaufen in den Gäupark fahren, wo ich gratis parkieren kann, wenn ich in Olten das Doppelte bezahlen darf? Ich bin doch nicht blöd.

EIN GENIALER TEUFELSKERL!

Letzte Woche habe ich darüber berichtet, dass es mich geblitzt hat, als ich halsbrecherisch mit 29 km/h durch die Römerstrasse raste. Am letzten Donnerstag hätte es mich beinahe erneut erwischt. Als ich von der Arbeit nach Hause fuhr, stand so ein Blitzerkasten an der Hagbergstrasse. Ich habe ihn von weitem gesehen, dachte aber zuerst, es sei eine Stereoanlage, die ein Nachbar zum Mitnehmen vor die Haustür gestellt hat. In der 30er-Zone fuhr ich genau 30. Glück gehabt, das hätte finanziell ins Auge gehen können! Ein anderer Nachbar sagte mir darauf, dass es dauernd blitzt, die Stadt Olten darf sich freuen, die Kasse füllt sich, eine Steuererhöhung dürfte nicht mehr notwendig werden. War der Blitzerkasten an der Römerstrasse perfide neben einem Container versteckt, stand der an der Hagbergstrasse demonstrativ sichtbar auf dem Trottoir. Einfach genial. Der Kerl, der sich diese Standorte ausdenkt, ist für mich ein Genie allerhöchster Güte. So einen findet man nicht einfach um die Ecke, das habe ich letzte Woche schon behauptet. Anders als der geniale Mensch, der die Verpackungswelt revolutionierte, ist dieser Blitzerkastenaufsteller kein aus der Irrenanstalt entsprungener Wahnsinniger, sondern ein Zeitgenosse mit einer bestimmten Ader. Ich komme jetzt nicht drauf, was das für eine Ader ist, jedenfalls lässt er sich dauernd neue Standorte und neue Tricks einfallen, damit sich die Kasse der Stadt Olten füllt, weil die Autofahrer ein bisschen zu schnell durch die Quartierstrassen fahren. Ich könnte mir vorstellen, dass sich dieses Genie jeden Abend die Einnahmen zeigen lässt und sich dann tief befriedigt schlafen legt. Und vielleicht über neue Standorte träumt. Dieser Teufelskerl.

MESSI SERVIERT IM «BELLAVISTA»

Kaum vom WM-Stress erholt, machte ich Urlaub. Ferien auf einem Berg oberhalb Luganos in einem Hotel namens Bellevue. Angegliedert war die Osteria Bellavista. Im «Bellavista» ass ich die beste Pizza meines Lebens. Natürlich weiss ich, dass es auch in unserer Region weltbeste Pizzas gibt. Zum Beispiel im «Gäubähnli» oder im «Kastaniengarten» und früher im «Lindenbaum«. Weil jedoch auch jeder andere Gast, der im «Bellavista» eine Pizza ass, dem Kellner mitteilte, dass sei die beste Pizza gewesen, die er je gegessen habe, ist das jetzt mal so. Und es war nicht nur die beste Pizza, es war auch die grösste. Die hatte das Ausmass eines Autoreifens, und das ist völlig ungelogen. Aber jetzt muss ich kurz ausschweifen und erwähnen, dass der Verkehr im Tessin inzwischen eine einzige Katastrophe ist. Als wir von unserem Hotel in ein Nachbarsdorf fahren wollten, wozu man normalerweise 15 bis 20 Minuten benötigt, brauchten wir anderthalb Stunden. Baustellenverkehr! Und als wir dort endlich ankamen, war im ganzen Dorf kein einziger Parkplatz zu finden. Die Tessiner selbst fahren wie die Irren. Wenn die

Ampel auf Grün schaltet und man nicht gleich einen Formel-1-Start hinlegt, erfolgt sogleich ein wahnsinniges Hupkonzert. Die haben echt einen an der Waffel, die Tessiner. Vielleicht müsste ich auch noch erwähnen, dass mir wieder jede Menge Oltner begegnet sind. Sogar in unserem Hotel auf diesem Berg oberhalb Luganos. Jetzt komme ich wieder zum «Bellavista» zurück. Der Kellner, der uns bediente, sah haargenau aus wie der Fussballstar Lionel Messi. Und es würde mich nicht wundern, wenn es tatsächlich Messi war. Einmal, als er gerade meinen Teller abräumte, sagte ich: «Grazie, Lionel.» Er verzog keine Miene und bedankte sich ebenfalls. Verdächtigerweise auf Spanisch … Sollten Sie demnächst im Fernsehen Champions League schauen, zum Beispiel ein Spiel des FC Barcelona, dann wundern Sie sich nicht, wenn Messi nicht spielt. Bedenken Sie bitte, dass Lionel in diesem Moment eine Pizza serviert. Im «Bellavista» auf diesem Berg oberhalb Luganos.

WERBESPOTS, DIE MICH NERVEN

Bestimmt ärgern Sie sich auch über einige Werbe-spots im Fernsehen. Die eine oder andere Werbung mag ja noch durchgehen, doch gibt es einige, die mich rasend machen. Folgende drei Werbe-spots treiben mich zur Weissglut: 1. Der Kerl mit der übervollen Blase, dem dank eines Mittels tatsächlich geholfen werden kann. Dauernd sagt er: «Endlich kann ich wieder in Ruhe schlafen.» So ganz glaube ich es ihm nicht, schliesslich läuft die Werbung schon seit etwa zwei Jahren. 2. Der Vergessliche, dessen Frau ihn im Auto fragt, ob er den Hausschlüssel der Nachbarin gegeben und an das Geschenk für die Enkelin gedacht habe. Natürlich hängt der Schlüssel zu Hause an der Wand und das Geschenkpaket liegt auf dem Tisch. Der Vergessliche hat also nicht daran gedacht. Doch bei der nächsten Fahrt, nachdem er eine Tablette genommen hat, als die Ehefrau sich zu ihm wendet, sagt er: «Keine Angst, ich habe an alles gedacht!» Als er dann das Paket seiner Enkelin übergibt, bläst diese drauf, als wäre es ein Kuchen mit Kerzen. Darum vermute ich, dass eine Brille von Fielmann für die Enkelin das bessere Geschenk gewesen wäre. Obwohl die Möglichkeit besteht, dass sich in diesem Paket tatsächlich eine Brille befindet. 3. Die nervige Tante auf der Velotour mit dem Oldie-Radfahrerverein. Da sie Schmerzen im Rücken verspürt, betritt sie eine Apotheke. Der Apotheker präsentiert im Regal eine Riesenauswahl an Salben. Die Nervensäge sagt, was die Salbe für eine Wirkung haben sollte, und eine Marke nach der anderen verblasst im Hintergrund. Bis nur noch eine übrig bleibt. Dann steigt die Dame aufs Velo, sagt, dass es jetzt weitergehen kann, sie habe ja jetzt die Salbe XY. Ihre Rückenschmerzen sind verschwunden, ohne dass sie die Salbe eingeschmiert hat. Dabei ärgert mich auch der Apotheker, der etwa 20 Marken im Regal hat und schlussendlich nur eine für die richtige hält. Ich gehe somit davon aus, dass dieser Apotheker zu 90 Prozent Schrott verkauft.

WERDEN DIE TYPEN ALLE GESUCHT?

Zurzeit wird man regelrecht erschlagen, wenn man durch die Gegend fährt. Überall hängen Plakate mit Köpfen von Politikern drauf, die am 18. Oktober gewählt werden möchten, und die uns das Blaue vom Himmel versprechen, falls sie dann gewählt werden. Obwohl wir natürlich schon längst wissen, wie schlussendlich der Hase läuft. Vor ein paar Tagen besuchte mich ein Verwandter, der seit 60 Jahren in Amerika lebt. Ich bin mit ihm ein bisschen rumgefahren und habe ihn von der Seite beobachtet, wie er aufmerksam die vielen Plakate studierte. Nach einer Weile fragte er mich: «Werden die Typen alle gesucht?» Ich konnte mir ein Grinsen nicht verkneifen und erlaubte mir einen kleinen Gag: «Ja, nach denen wird öffentlich gefahndet, und wenn man sie dann fasst, steckt man sie in einen Kerker in Dunkelhaft, wo sie regelmässig ausgepeitscht werden.» «Das ist gut so», sagte mein Verwandter. «Hoffentlich lässt man sie nie mehr raus.» Dann fuhren wir einige Minuten stillschweigend weiter, und mein Verwandter legte noch einen drauf: «Um diese schweren Jungs und bösen Damen zu fassen, bräuchtet ihr Kopfgeldjäger! Die Polizei allein kann das niemals bewältigen, schätze ich. Bei uns in Amerika wären diese Typen keine Woche auf freiem Fuss.» Ich prustete los, bekam einen Lachanfall und erklärte meinem Verwandten, um was es bei diesen Plakaten geht. Der Verwandte zeigte sich ein wenig enttäuscht, er hatte tatsächlich geglaubt, das wären gesuchte Gauner, die uns da entgegenlächeln. «Ich hätte wetten können, dass man diese Typen sucht», sagte mein Verwandter in gebrochenem Deutsch, wobei er auch den einen oder anderen Fluch auf Englisch ausstiess. Heute, einige Tage später, habe ich seinen Satz «Hoffentlich lässt man sie nie mehr raus» noch in Erinnerung. Zwar steckt man keinen dieser Politiker in den Knast (jedenfalls nicht lebenslänglich), aber die Wahrnehmung wird ganz ähnlich sein: Wir werden die meisten nach den Wahlen nie mehr sehen und nie mehr von ihnen hören.

MERINGUE IN DER METZGEREI

Ich schätze die Angestellten in den Supermärkten. Das muss ich im Voraus erwähnen. Egal, ob sie in der Migros, im Coop, im Denner oder wo auch immer arbeiten. Ich weiss gar nicht, wie man sie nennt. Verkäufer, Angestellte, Detailhandelsangestellte? Keine Ahnung. Trotzdem muss ich einige Abstriche machen, besonders bei den jungen Angestellten, denen ich in Sachen Warenkunde höchstens ein Ungenügend ausstellen kann. Das ist mir in letzter Zeit wieder einmal bewusst geworden. Zum Beispiel vor einer Woche, als meine Freundin auf den Einkaufszettel «Tomaten» schrieb. Ich stand also vor dem Tomatenregal und musste mich zwischen Fleischtomaten und Rispentomaten entscheiden. Nebenan füllte ein junger Angestellter ein Regal mit Kartoffeln auf, und ich fragte ihn, was der Unterschied zwischen diesen beiden Tomatensorten sei. Er schaute mich ganz entgeistert an, so dass ich bereits wusste, dass er keine Ahnung hatte. Er nahm beide Sorten in die Hand, betrachtete sie und antwortete dann: «Die Fleischtomaten sind ein bisschen grösser.» Ich bedankte mich herzlich für die fachmännische Aus-

kunft und entschied mich dann für die Rispentomaten. Am Samstag stand auf dem Einkaufszettel
«Meringue». Die Freundin sagte, dass sich diese in
der Nähe des Brotes befindet. In der Nähe des
Brotes fand ich jedoch keine Meringue, so dass ich
eine junge Angestellte fragte, wo ich eben diese
Meringue finden würde. Bevor sie antwortete,
war mir bewusst, dass sie das Wort Meringue zum
ersten Mal hörte. «Versuchen Sie es in der
Fleischabteilung», sagte sie. Ich bedankte mich für
den wertvollen Tipp und suchte weiter, bis ich die
Meringue dann fand. Jedenfalls nicht in der
Fleischabteilung. Nächstes Wochenende steht bei
uns ein Gericht mit Zimtstangen auf dem Speise-
plan. Ich traue mich gar nicht, eine Angestellte zu
fragen, wo ich die Zimtstangen finde. Womöglich
schickt sie mich in die Kosmetikabteilung.

CHANCE VERTAN

So eine Homepage ist für einen Fussballverein eine einmalige Sache und eine tolle Gelegenheit, um Werbung in eigener Sache zu betreiben. Ja, ich weiss, nicht nur für Fussballvereine, aber in diesem Fall geht es um Homepages der Fussballvereine. Wäre ich zum Beispiel Direktor einer Schraubenfabrik und würde von einem Vereinsfunktionär um ein Sponsoring angefragt werden, würde ich eine Gegenleistung verlangen. Mir wäre schon klar, dass nicht jedes Vereinsmitglied dann eine Riesenmenge an Schrauben erwerben würde, aber eine Gegenleistung kann auch anders aussehen. Eine Gegenleistung für mich wäre zum Beispiel eine Vereins-Homepage, die mich optimal und aktuell informiert, was im Verein läuft und eine Erwähnung meiner Firma und anderer Sponsoren. Ich würde mich freuen, wenn auf der Homepage des Vereins ein Gratisinserat zu finden wäre. Das wäre zum Beispiel eine super Gegenleistung, und ich würde wissen: Die haben mein Sponsoring geschätzt. So ganz nach dem Motto: Eine Hand wäscht die andere. Mir ist schon klar, dass es heutzutage nicht mehr einfach ist, Leute zu finden, die Zeit haben, so eine Homepage professionell und vor allem aktuell zu führen. Andererseits glaube ich aber auch nicht, dass dies ein Riesenaufwand wäre. Also habe ich mich im Internet ein bisschen schlau gemacht und einige Homepages von Vereinen in der Region unter die Lupe genommen. Was ich gesehen habe, liess mich keine Purzelbäume schlagen. Im Gegenteil. Der FC Aarburg zum Beispiel titelt brandaktuell: «Hunde, wollt ihr ewig dribbeln». Ein Bericht über die «AllStar-Games» vom 13. Juli 2014. Und, Schreck lass nach: Das aktuellste Mannschaftsfoto der 1. Mannschaft stammt aus der Saison 2012/13! Auch die Homepage des FC Olten hat mich nicht vom Hocker gehauen. Das Aktuellste auf der Front: das Chlausenturnier der Veteranen vom 5. Dezember 2015. Ich vermisse Vorschauen über Vorbereitungsspiele und interessante Internas. Der FC Dulliken hat wenigstens Fotos vom Neujahrs-Apéro und einen Bericht vom Erfolg der C-Junioren beim Hallenturnier aufgeschaltet. Der FC Wangen weist noch immer auf den Lottomatch hin, der am 27./28./29. November 2015 stattfand. Immerhin ist zu lesen, dass ein Webmaster gesucht wird, da habe ich Hoffnung. Hammermässig hingegen die Homepage des FC Wolfwil! Da sind Enthusiasten am Werk: brandaktuell, gute Vorschauen usw. Toll!

PAUSCHALBEBUSSUNG

Eigentlich war nie die Rede davon, dass ich die Polizeikasse des Kantons füllen möchte – der Tempo-20-Zone sei «gedankt». Der gute Wille wäre bei mir vorhanden, aber ich kriege das einfach nicht hin. Immer fahre ich zu schnell durch die Oltner Ringstrasse. Da die Polizei in regelmässigen Abständen einen Radarkasten an besagter Strasse aufstellt, verdammt raffiniert platziert, flattern bei mir die Bussen in schönster Regelmässigkeit ins Haus. Innerhalb einer Woche gleich zwei Bussen, das darf doch nicht wahr sein! Ich bin jeweils mit 27 km/h durch die Ringstrasse gerast, und der Kasten hat geblitzt, ohne dass ich es gemerkt habe. Ehrlich gesagt, finde ich diese Tempo-20-Zone völlig behämmert. Mit Tempo 30 könnte ich noch leben, aber 20? Ein Auto wurde einfach nicht erschaffen, um 20 zu fahren, und das behauptet einerseits einer wie ich, der bekannt ist, ein Anti-Raser zu sein. Andererseits ist das Auto für mich nur ein Fortbewegungsmittel. Mir ist es einfach peinlich, wenn ich von Fussgängern überholt werde. Ich bitte euch: Mit 27 km/h in die Radarfalle – das ist vergleichbar mit einer geblitzten Schildkröte. Jetzt ist mir aber eine Idee gekommen. Es gibt doch diese Pauschalbesteuerung, zum Beispiel für reiche Ausländer, die auf der Grundlage ihres Lebensaufwands besteuert werden können oder so ähnlich. Ich werde die Polizei jetzt fragen, ob bei mir vielleicht so eine Art Pauschalbebussung möglich wäre. Ich bezahle jährlich einen bestimmten Betrag in die Polizeikasse, zum Beispiel 200 Franken, und könnte dann täglich mit 27 km/h durch die Ringstrasse donnern. Bei genauer Betrachtung würde ich sagen, dass dies für alle Beteiligten eine echte Win-win-Situation wäre.

MONTE GRUFTINO

Letzte Woche ging bei uns ein langjähriger Mitarbeiter in Pension. Das verursachte in mir ein eigenartiges Gefühl. Darf ich es beklemmend nennen? Er räumte seinen Schreibtisch, an dem er jahrelang gesessen hatte, und verabschiedete sich von seinen Mitarbeitern. Von uns, mit denen er viele schöne Zeiten erlebt hatte. Natürlich bekam er noch ein Abschiedsgeschenk, aber das ist nebensächlich. Ich bin kürzlich 62 Jahre alt geworden, das heisst, dass auch ich in absehbarer Zeit meinen Schreibtisch räumen und mich von langjährigen Mitarbeitern verabschieden werde. Aus diesem Grund hatte ich dieses vorher erwähnte eigenartige Gefühl. Wenn wir altershalber eines Tages eine Leiter erklimmen und den Monte Gruftino besteigen, ade, du schöne Arbeitswelt, wird es durch die Büroräume hallen, die einst unser Leben waren. Aber ich will das gar nicht so traurig rüberbringen oder gar dramatisieren: Der Arbeitskollege freute sich bereits im Vorfeld auf seine Zeit im Ruhestand. Er hat Pläne geschmiedet, will mit seiner Frau auf Reisen gehen und, und, und. Ein erfülltes Leben nach einem arbeitsreichen Leben gönne ich jedem, der eines Tages den Monte Gruftino besteigen wird. Jeder, der pensioniert wird, hat das Recht, noch viele stressfreie Jahre zu geniessen. Schwelgend in Erinnerungen an ein reiches, erfülltes Arbeitsleben. Dann, eines Tages, wird es an der Haustüre klingeln und der Sensenmann wird vor uns stehen im schwarzen Anzug und in der Hand eine blitzende Sense haltend. «Es ist so weit, mein Freund», wird der Sensenmann sagen, und er wird mit uns den Monte Gruftino verlassen, die Leiter runter oder rauf. Je nachdem, ob er uns in die Hölle oder in den Himmel begleiten wird. C'est la vie.

GENIEST UND GENOSSEN

Ein Bekannter, 68, erzählte mir letzte Woche, dass sich sein Sexleben in den letzten50 Jahren nicht verändert habe, technisch gesehen, sei er noch eine Spur besser geworden. Eine Aussage, die mich im Grunde genommen nicht interessiert aber trotzdem beschäftigt. Seine Äusserung ist nicht ganz richtig. Sein Sexleben hat sich ganz sicher verändert, weil er diesbezüglich technisch zugelegt hat. Ich habe das auf mein Schreiben heruntergebrochen. Ich schreibe mehr als früher, bin schreibtechnisch gesehen eine Spur besser geworden, obwohl sich die Fantasie von mir grösstenteils verabschiedet hat. Das mag am Alter liegen, und mein einst recht grosser Wortschatz hat ebenfalls seine Koffer gepackt und sich von mir abgesetzt. Ich muss somit sagen: Mein Schreiben hat sich ganz sicher verändert. Einige Probleme bereiten mir die Zeiten. Das Gelernte, das mir die Lehrer vor etwa 50 Jahren vermittelten, habe ich altershalber fast vergessen. Schwach erinnere ich mich an das Präteritum: «Ich nieste». Da türmen sich jetzt die Probleme auf, die in mir ein Durcheinander entfachen: Heisst es womöglich «Ich genoss»? Zufällig weiss ich jetzt, dass es nicht so heisst, hätte jedoch sein können, nicht wahr? Wenn ich vor solchen Problemen stehe, mache ich es mir einfach und verwende das Perfekt: «Ich habe geniest», weil ich weiss, dass es nicht «Ich habe genosst» heisst. In Fachbüchern über gutes Schreiben heisst es, man solle nicht zu oft die Wörter «haben» oder «sein» verwenden, aber die können mich alle mal. Mir kommt es in erster Linie auf den Rhythmus an. Ich habe keine Ahnung, wie ich jetzt von Sex auf das Schreiben komme … Es sind einfach so einige Gedanken, die mir nach dem Gespräch mit meinem Bekannten durch den Kopf schwirren. Der Bekannte ist dann noch ein bisschen ins Detail gegangen, aber zum Glück hat er gesagt: «Ich habe den Sex genossen.» Schlimm wäre gewesen: «Ich habe den Sex geniest.»

PROBLEME HAT DER MENSCH...

Einmal mehr muss ich heute über ein Problem berichten: meinen Nasenhaarschneider. Ich weiss, es gibt grössere Probleme auf der Welt als ein Nasenhaarschneider, der nicht richtig funktioniert. Aber wenn ich mich ärgere, muss ich mir den Frust niederschreiben, so würde es bestimmt jeder Psychoanalytiker empfehlen, schätze ich mal. Vor einigen Monaten habe ich bereits darüber erzählt. So ein Nasenhaarschneider taugt einfach nichts. Das erste Mal funktioniert er einigermassen, dann geht ihm die Puste aus, und wenn ich ihn auseinander nehme, um ihn zu reinigen, kann ich ihn nicht mehr zusammensetzen. Und wenn ich es doch schaffe, dann säuselt er nur noch und hat keine Kraft mehr, mir auch nur ein Härchen aus der Nase oder aus den Ohren zu entfernen. Wenn man ein gewisses Alter erreicht hat, hören die Kopfhaare auf zu wachsen. Dafür spriessen die Nasen- und Ohrenhaare wie verrückt. Ein Nasenhaarschneider ist da ein absolutes Muss für jede behaarte Nase. Ein Leser hat mir darauf einen Nasenhaarschneider geschickt. Ich habe mich auch gefreut und mich bedankt. Trotzdem fällt meine

Bewertung negativ aus: ebenfalls Schrott! Es war dieselbe Marke, die ich schon hatte – absolut untauglich. Am letzten Samstag habe ich im Interdiscount einen neuen Nasenhaarschneider entdeckt: ein Luxusmodell für knapp 20 Franken der Marke Philips. Und dieser Nasenhaarschneider funktioniert einwandfrei. Ganz grosses Kino! Bleibt zu hoffen, dass er auch in den nächsten Wochen seinen Saft behält und mir noch lange Freude bereiten wird. Zurzeit findet man in meiner Nase und in meinen Ohren kein einziges Haar mehr. Was für ein Hightech-Gerät, das ich mir da angeschafft habe! Ein nächstes Problem habe ich aber auch mit diesem Gerät: Dieser Nasenhaarschneider hat noch zwei Aufsätze für das Schneiden der Augenbrauen: 3 mm und 5 mm. So recht traue ich mich aber nicht, damit meine Augenbrauen zu stutzen. Und Sie meinen tatsächlich, ich hätte keine Sorgen?

TAKTIK ÄNDERN

Dass die Kantonspolizei die Stadtgendarmerie in Olten infolge Sparmassnahmen abgelöst hat, hat mich damals nicht beschäftigt. Die Kantonspolizei ist ausgezeichnet ausgebildet, um die Ganoven in und um Olten dingfest zu machen. Gespannt war ich jedoch, wie das neu mit den Parksündern gehandhabt wird. Vor allem mit den Sündern, die im Schöngrund parkieren. Da hatte ich, ich kann es nicht verschweigen, einige schlaflose Nächte zu bewältigen. Und mein Misstrauen hat sich leider bestätigt: Oft finde ich und die Nachbarn keinen Parkplatz, wenn ich oder wir abgekämpft von der täglichen Arbeit nach Hause kommen. Seit einigen Wochen hat es sogar drastisch zugenommen. Vielleicht ist es ja ein Zufall, dass plötzlich extrem viele Autos den Fluhweg unberechtigterweise bevölkern, seit das Altersheim gleich unterhalb wieder geöffnet hat. Was würden die wohl sagen, wenn ich mein Auto fortan gratis in ihrem Parkhaus parkieren würde? Zwar kommen die Polizisten hin und wieder, um eine Kontrolle durchzuführen, aber ich bin der Meinung, dass deren Taktik vollkommen falsch ist. Damit es ein notorischer Parksünder kapiert, müsste ihm das verbotene Parkieren so richtig weh im Geldbeutel tun. Alle acht Wochen eine 40-Franken-Busse tut ihm nicht besonders weh, billiger findet er keinen Parkplatz in der Stadt. Er müsste permanent eine Parkbusse unterm Scheibenwischer finden, die er mit einem lauten Fluchen kommentieren würde. Das würde so richtig Kohle in die Polizeikasse spülen, das kann ich garantieren. Bei der Wahl der richtigen Taktik würde ich mich gerne beratend zur Verfügung stellen, die Polizei kann mich anrufen. Ich weiss nicht, wieso ich jährlich 240 Franken fürs Parkieren bezahle und der Parksünder parkiert gratis. Ich glaube, mein Goldfisch humpelt … Ich erwäge, mal die Probe aufs Exempel zu machen: Ich bezahle ein Jahr lang nichts, und wenn sich die Sache rentiert, ist der Hase gegessen. Und auf meine Nachbarn bezogen: sind die Hasen gegessen.

WETTERFRÖSCHE NERVEN

Die Meteorologen des Schweizer Fernsehens finde ich, gelinde gesagt ... Ich sage es mal so: Ich bin kein Fan von ihnen. Ich ärgere mich jeweils während der Wintermonate, wenn sich das angekündigte Eintreten des Schnees als falsch erweist. Oder umgekehrt. «Bis am Donnerstag haben wir trockenes Wetter», verkündet der Wetterfrosch im Schweizer TV, und wenn ich zwei Stunden später aus dem Fenster schaue, hat sich innert kürzester Zeit eine zehn Zentimeter hohe Schneeschicht auf der Strasse gebildet. Ich stehe am Morgen auf und das Land ist eingeschneit. Am Abend gibt sich dann eine Meteorologin die Ehre, deren Name mir soeben entfallen ist, die sagt: «Nachdem es heute Morgen ein wenig geflöckelt hat ...» Das bringt mich zur folgenden Erkenntnis: Die Meteorologin sieht den Schnee nicht einmal, wenn er schon liegt. «Heute Nacht nur im Westen und im Süden Schneefall...» Wenn ich dann um Mitternacht aus dem Fenster gucke, ist auch der Norden eingeschneit. Meine Arbeitskollegin meint es gut mit mir, riet mir schon öfters, die Wetterberichte zwecks Schonung meiner Nerven zu ignorieren. Darum bin ich der Meinung, dass es reichen würde, wenn man nach der Tagesschau ein Blatt Papier zeigt, auf dem eine Sonne, einige Schneeflocken, einige Regentropfen und ein bisschen Wind aufgezeichnet sind, etwas wird bestimmt eintreten. Und man könnte erst noch Lohnkosten sparen ... Nein, ich habe jetzt ein bisschen übertrieben. Natürlich können die Wetterfrösche schon einiges, grösstenteils treffen ihre Prognosen ja auch zu. Nur wenn es schneit oder eben nicht schneit sind diese Vorhersagen meiner Meinung nach oft nicht richtig. Ich ärgere mich dann halt grenzenlos. Möglicherweise bin ich der Einzige, der das so sieht und tue den Meteorologen unrecht. Dann tut es mir ein bisschen leid. Aber ich habe einen Zeugen: Kollege Heinz, der ein Lied davon singen kann. Mir ist gestern aufgefallen, dass Kollege Heinz nicht ganz rund läuft und ihn darauf angesprochen. «Die Meteorologen haben auf Freitagmorgen trockenes Wetter gemeldet. Aber als ich um 8 Uhr morgens das Trottoir betrat, war es arschglatt. Scheinbar hat es die ganze Nacht geschneit. Ich bin dann ausgerutscht», erzählte Kollege Heinz. Er hatte sich einige Gelenke ausgekugelt. Luxationen wie es medizinisch heisst. «Mein Hausarzt hat mir dann alles wieder einge-

renkt. Betroffen waren Schultern, Finger und Ell-
bogen», ergänzte der Unglücksrabe. Aber Kollege
Heinz wäre nicht Kollege Heinz, hätte er nicht
schon wieder gute Laune gehabt: «Zum Glück hat
mich nicht noch ein Radfahrer über den Haufen
gefahren, als ich auf dem Trottoir lag …»

FALSCHE ANTWORTEN

Meine Freundin ist im Grunde genommen ganz in Ordnung. Sie hat jedoch eine Marotte, mit der sie mich systematisch in den Wahnsinn treibt: Sie gibt auf Fragen keine konkreten Antworten. Ich erzähle euch ein Beispiel vom letzten Sonntag. Wir hatten ein Poulet im Ofen. Ich lag auf dem Sofa, die Freundin werkte in der Küche, und ich fragte: «Schatz, wann können wir essen?» Sie sagte: «Bald.» Das war die falsche Antwort. Sie hätte sagen müssen: «In fünf Minuten.» Kürzlich hatte die Freundin Bekannte zum Essen eingeladen. Da ich gerne vorbereitet bin, wenn Gäste kommen, fragte ich: «Wann erscheinen die Gäste?» Ihre Antwort: «Wenn sie mit dem Haushalt fertig sind.» Falsche Antwort! Die richtige Antwort wäre gewesen: «Sie erscheinen um 15 Uhr.» Die Freundin kaufte einen neuen Regenschirm. Ich fragte: Das ist ein schöner Schirm, was hat er gekostet?» Sie antwortet: «Ich habe ihn im Ausverkauf zum halben Preis bekommen.» Aber jetzt habe ich mich gerächt. Als ich gestern von der Arbeit kam, sagte ich: «Ich muss dir noch einen schönen Gruss sagen.» Sie fragte: «Von wem?» Ich antwortete: «Ja, es geht ihr gut.» Sie: «Von wem sollst du mich grüssen?» Ich: «Das habe ich jetzt vergessen.» Kollege Heinz hat herzlich gelacht, als ich ihm von der Marotte meiner Freundin erzählte. «Meine Frau tickt da ähnlich», hat er darauf geantwortet und ein bisschen mit dem Hals gekreist. Was daran liegt, dass er jetzt eine Halskrause trägt. Aber der Reihe nach. Die ausgekugelten Gelenke sind längstens verheilt. Trotzdem ist es wieder passiert: Als er kürzlich von seiner Wohnung aus das Trottoir betrat, wurde er von einem Mann mit einem Segway angefahren. Ein Segway ist ein elektrisch angetriebenes Fahrzeug und eignet sich ideal für Asphalt und ebenes Gelände. So ein Segway erreicht eine Geschwindigkeit von etwa 12 km/h, und das bekam Kollege Heinz zu spüren. Die Halskrause könne er nach zwei Wochen wieder abnehmen, habe der Doktor gesagt.